婚約破棄されましたが、一途な御曹司の最愛妻になりました

プロローグ

『さようなら。俺のことは探さないでほしい』

世間ではまだ夏の暑さを引きずった初秋の明け方。悠生《ゆうせい》くんから届いた一通のメッセージは、寝ぼけていた私の思考を一気に覚醒させた。

――なにこれ？　……状況が呑み込めない。

『探さないで』なんて、まるでベタな置き手紙みたい。いや、厳密には置きメッセージと言うべきか。どちらにしても、たやすく彼には会えないような内容が書かれている。家がご近所の幼なじみで、彼氏で、婚約者なのに。

起き抜けにバケツいっぱいの水を浴びせられたような心地で、スマホの画面にくぎ付けになっていると、新しいメッセージが表示される。

『幸せにしなければいけない人ができたんだ。本当に申し訳ない。日和には、俺よりももっと相応《ふさわ》しい男がいる。その人と幸せになってほしい。どうか元気で』

――みたい、じゃなくてズバリ置き手紙だ。じゃなかった、置きメッセージだ。

……って、そんなのどっちでもいい！

「うそでしょ?」

心の中でつぶやいたはずが、無意識に音になっていた。

私はベッドからむくりと起き上がり、慌てて返信を打ち始める。

『冗談だよね? エイプリルフールはとっくに過ぎたよ』

もう五ヶ月以上も前だ。仮に今日が四月一日だとしても、真面目が服を着ているみたいな悠生くんが、こんな強烈なジョークを飛ばしてくるはずがないのは理解している。なのに、訊《き》かずにはいられなかった。

祈るような気持ちで送信したものの、一向に既読マークがつかない。

電話をかけてもいいだろうか。スマホの待ち受けに映る時刻は、午前六時三十二分。

常識的にはアウトな時間だけれど、先に緊急性のある内容を送ってきたのは悠生くんのほうなのだから、電話しても許されるような気がする。私は我慢できずに彼のスマホに発信した。

——出ない。仕方がないので一度通話を切って、またかけ直す。

……それでも出ない。

取り込み中なのかもしれない。着信履歴が残っているので、気が付いたらかけ直してくれるだろうか。

というか、家はすぐそばなんだし、直接確かめに行くほうが早いのでは?

そう思ってベッドから降りようとしたけれど——いくら昔から交流のある、気心の知れたご近所さんとはいえ、この時間にインターホンを鳴らすのは厚かましいだろうと思い直す。かといって、悠長にしているわけにもいかないのだけど……

——そうだ。それなら……

ひらめいた私は、メッセージアプリを開いて、とある人物に電話をかけることにした。

「……もしもし」

待つこと十秒。いかにも直前まで寝てました、と言いたげな、掠《かす》れた低音が応答する。

「こんな朝早くに本っ当にごめんっ、泰生《たいせい》」

目の前にいたら拝む勢いで謝った。だけど今、力になってくれそうなのは、悠生くんの弟であり、私にとって気の置けない友人である彼しか思い浮かばなかったのだ。

「……ごめんと思うなら、少しは時間選べよ」

泰生はちょっと不機嫌そうに、ため息交じりに言った。彼が、朝が大の苦手であることは昔からよく知っている。でも。

「そうも言ってられなくて。悠生くん、家にいる？」

「兄貴？」

切羽詰まった口調で訊《たず》ねると、ほんの少しだけ考えるような間が空き、「いや」と答える。

「——昨日は帰ってこなかった。日和《ひより》と一緒にいるんじゃないのか？」

私と悠生くんがお付き合いをしているのは、もちろん周知の事実。いい大人がひと晩家を空けたところで、大事と思わないのは致し方ない。

「日和？」

一縷《いちる》の望みをかけていたものの、あえなく打ち砕かれてしまい、私は言葉を失った。泰生が心配そうに私の名前を呼ぶ。

「……悠生くんからメッセージが来たの。『さようなら』って……『探さないで』って」

「え？」

「ねえ泰生。悠生くん、いなくなっちゃったのかも……」

口に出すと現実になってしまう気がして、本当は音にしたくなかった。片足で立つような心もとなさを覚えていると、勢いよく起き上がったであろう衣擦《きぬず》れの音が電話越しに聞こえる。

「……待ってろ。支度してすぐそっち行くから」

「え、でも……」

今日は確か――火曜日。平日だ。会社勤めの彼には出勤の準備があるだろう。私の言葉を遮って、泰生が強い口調で続ける。

「いいから。そんな泣きそうな声してるヤツ、放っておけるわけないだろ」

「泰生……」

遠慮しつつも心強かった。ひとり暮らしの私は頼れる人がほかにいない。こんな精神状態で悠生くんからの連絡を待ち続けるのは不安で仕方なかった。

「――ごめん。ありがとう」

私は心からのお礼を言うと、彼がいつやってきてもいいように、手早く自身の身支度を済ませる。

――やっぱり、泰生に連絡してみてよかった。

泰生とは、付き合いが長いこともあって気が合う。口が悪いときもあるけれど、本質的には面倒見がよくて優しい。異性だけど私にとっていちばんの親友だ。泰生のおかげで、ほんの少しは平静を保っていられる。

……それにしても。悠生くんに一体なにがあったっていうの？

さよならなんてうそだよね？

だって私たち、周りにも公認の仲で、結婚の約束までしていたのに……！

だけど……待てど暮らせど、悠生くんからは電話も、メッセージの返信もなかった。

それどころか、その日を境に、彼は私の前から本当に姿を消してしまったのだった――

1

衝撃の朝から約一ヶ月後の夕刻――


「いらっしゃいませ～」

ディナータイムが始まったばかりの『トラットリア・フォルトゥーナ』。

ドアベルがチリンと鳴り、ブナの木の大きな扉が開いた。仕事着である白いシャツとギャルソンエプロンに身を包んだ私――瀬名《せな》日和は、そちらを振り返った。そして、扉の向こう側にいるであろうお客さまに声をかける。

「……あ、な～んだ。泰生かぁ」

「なんだとはなんだ」

入ってきたのは見慣れたシルエットだった。思わず本音が漏れると、仕立てのよさそうなダークグレーのスーツにボルドーのネクタイを合わせたスタイリッシュな男性が、凛々《りり》しい眉根を寄せる。

古橋《ふるはし》泰生。私のご近所さんかつ、同い年の幼なじみ。中学から大学まで一緒だったこともあり、なんでも話せる親友だ。

「だって、お客さまかと思ったから」

まだオープン直後ゆえにゲストはゼロ。……だからこそ期待したのに。

不満を表すように口を尖《とが》らせると、泰生は仕方がないとばかりに、大げさにため息を吐いてみせた。

「じゃあ今日は客でいい。席に案内してくれよ」

「え、本当っ？　はーい、こちらへどうぞ～」

「ったく、ゲンキンなヤツ」

声をワントーン高くして、泰生をカウンターの席に案内をする。呆れた様子のボヤきが聞こえたけれど、気にしない。

ここ『トラットリア・フォルトゥーナ』は、『本場イタリアの料理を誰でも気軽に楽しめて、お客さまに心を尽くす』がモットー。オーナーシェフだった先代――父である瀬名勝寿《かつとし》の意思を継いで、今は娘の私がオーナーを務めている。私を除くと社員二名にアルバイトが一名の、こぢんまりとしたお店なので、私自身も積極的にホールに出て給仕をする日々だ。

私が二十五歳の若さにして一国一城の主をしているのにはわけがある。もともとこのお店は、都心の一等地にあるリストランテでシェフをしていた父が、母と結婚したのを機に独立、開業した経緯がある。

気心知れた仲間と、リストランテよりも親近感のあるお店作りに励んで十数年。父の片腕だった母が交通事故で帰らぬ人となった。私は当時高校生だった。

母を心の支えにしていた父が病気を患ったのはその直後。仕事一筋で責任感の強い父は、自分が力尽きては従業員や娘の私を路頭に迷わせることになると、ギリギリまで投薬治療で様子を見て、厨房に立ち続けた。社員やお客さまのために、現場を離れたくなかったのだと思う。

けれど、そんな父の情熱とは裏腹に、病気の進行は待ってはくれなかった。腹を決めて入院、手術を経たものの病状はよくならず、私が大学三年の秋に母のもとへ旅立ってしまった。

尊敬する大好きな母と父の相次ぐ死。悲しみでどうにかなってしまいそうだったけれど、父が亡くなる間際に残してくれた言葉が、私を奮《ふる》い立たせてくれた。

『日和……これからはお前が「フォルトゥーナ」を守ってくれ』

――そうだ。父と母が大切にしていたお店を、私が守らなきゃ！

決意した私は就活を取りやめて、それまでアルバイト程度だった『フォルトゥーナ』での勤務時間を大幅に増やし、店の経営者になるべく勉強に勤しんだ。

大学を卒業してからは、うちのシェフの佐木《さき》さんやソムリエの奥薗《おくぞの》さんにイタリアンのあれこれを叩き込んでもらい、早五年目。振り返れば、全力疾走の日々だった。

「――で、支配人。今日のアラカルトのおすすめは？」

カウンターに座った泰生が、傍らにある黒板に書かれたメニューを一瞥《いちべつ》して訊《たず》ねる。

「シェフ自らが釣り上げたイカを使った漁師風トマト煮込みはいかがですか？」

支配人、だなんて形式ばった呼び方をされたので、普段よりも丁寧な物言いで訊《たず》ね返してみる。

彼はおかしそうに笑ってから「いいね」とうなずいた。

「――じゃ、それと、料理に合う赤ワインもよろしく」

「はーい。佐木さーん、漁師風トマト煮込みと、グラスワインの赤！」

「ベーネ！」

カウンターの内側に回り込んでオーダーを入れると、厨房の奥から、料理長の佐木さんの威勢のいい返事が聞こえてきた。「ベーネ」とは、イタリア語で『了解』を意味する言葉だ。オーダーを通すとき、彼はいつもそんな風に返事をしてくれる。

「今日は一段と帰りが早いじゃない」

今日のトマト煮込みには「ピノ・ノワールが合うでしょう」と、奥薗さんがチョイスしてくれた赤ワインがある。私はそれをワイングラスに注ぎ、彼の手前に差し出した。

「急ぎの案件がなかったからね。……これ、いただくよ」

泰生がグラスを持ち上げて、まずは香りを楽しむ。それから軽くグラスを掲げた。

「どうぞ、召し上がれ。……そういうときこそ、友達とご飯に行ったりしたらいいのに」

「急に言ったって誰も捉《つか》まらないだろ」

「またまた。泰生だったら直前でも行きたいって子はいっぱいいるでしょ」

相変わらず、ワイングラスの似合う端整な顔だ。私は茶化すようにして言った。

泰生はただでさえルックスがいいので、昔から女の子によくモテる。はっきりとした直線的な眉に、存在感のある二重の目、横顔をずっと見つめていたくなる高い鼻梁《びりょう》。年齢を重ねるごとに美しさに磨きがかかっている。清潔感のあるマッシュショートのヘアは黒々として艶《つや》があり、スーツから覗く手足は長く、細身で引き締まったスタイルによく似合っている。

それに——左目の下にある小さなほくろ。このわずか一ミリ程度の小さな点が、妙に色っぽくてより魅力的な印象を与えるのだから不思議だ。

これだけのイケメンゆえに、中学、高校、大学と、バレンタインにはかなりの数のチョコレートをもらっていたはずだ。

でも女子が彼に群がる理由はほかにもある。成績は常にトップクラス、スポーツ万能で学校連合の体育大会に引っ張りだこだったこともそのひとつだけれど、最たるものは、彼のお家柄。

彼は飲食チェーン最大手のゼノ・ホールディングスの経営一族で、グループ会社であるゼノアグリの専務。将来的にはゼノアグリの責任者を担う立場を約束されている。つまり、未来の社長というわけだ。こんな好条件の素敵な男性を、周りの女子が放っておくはずもない。

「否定はしない」

鼻にかける風ではなく、泰生がさらりと認める。この反応を見るに、数多《あまた》の女子が彼に興味を示し、接近してきているのだろう。さすがは、漫画やドラマの憧れのヒーローを地で行く男だ。

「気になる子とかいないの？　っていうか泰生、ずっと彼女作らないよね。どうして？」

泰生の取り巻きの中には、ずば抜けた美人さんや、天下の古橋家にも勝るとも劣らない家柄のスーパーお嬢さまだっていたはずだ。そういう子たちの中に、いいなと思える女性はいなかったのだろうか。

そもそも、彼女ができたという話を聞いたことがない。きょうだいみたいな間柄の私には照れくさくて話さないだけかもしれないけれど、年齢も年齢だし、そろそろ浮いた話があってもおかしくはないのに。

「さあな」

私が首を傾げても、彼はグラスの中身を涼しい顔で呷《あお》るだけだ。

「教えてよ。ずっと狙ってる子がいるとか？」

私の言葉に、泰生がぴくりと反応した気がした。グラスを静かにカウンターテーブルに置いたあと、正面にいる私の顔をじっと見据える。

「だったらどうする？」

探るような、意味深な眼差し。それまでの気さくな雰囲気とは一転して、妙に切実な訊《き》き方をする。私は内心で戸惑っていた。

――なに？　そんなに真剣な顔で見つめて。

普段は距離が近すぎるからついつい忘れてしまうけれど、やっぱり泰生ってカッコいいんだよね。

……そんな顔されると、否応《いやおう》なしにドキドキしてしまう……

「ど、どうするって……応援するに決まってるよ。私でなにか協力できるなら、したいと思うし」

頭の中でそんなことを考えているとは知られないように、にっこり笑って見せた。幼なじみなのに、異性を意識していると悟られるのは気恥ずかしい。

「………」

彼はほんの少しの間黙り込むと、諦めた風に小さくため息を吐いた。

「……グラスワイン赤、もうひとつくれる？」

「え、誰か呼ぶの？」

「応援する」と言ったあとだったので、私にまだ見ぬ想い人を紹介するつもりなのだろうかと思ったのだけど、彼はおかしそうに噴き出した。

「違うよ。日和の分」

「私？」

「そう。まだ客いないんだし、少しくらい付き合えよ」

やや乱暴に言って屈託なく笑う泰生は、いつも通りの彼だった。

「わ、わかった――ありがと」

私はちょっと安心してうなずいた。頭上にある吊り下げ式のグラスホルダーからワイングラスをひとつ取って、泰生に出したのと同じワインを用意する。

「じゃ、改めて乾杯ってことで。いただきまーす」

「ん」

赤ワインの入ったグラスをその場で軽く掲げると、泰生も同じ動作で応えてくれる。さっそく、ごちそうしてもらったワインを一口呑んだ。

「あのさ、話戻るけど……お店、頻繁に覗きに来なくて大丈夫だよ」

鼻の奥に抜ける甘酸っぱい香りを感じながら、私が切り出す。

「私はこの通り元気だし、お店も回さなきゃいけないし。落ち込んでる暇なんてないから、平気だよ。私のこと、心配してくれてるんでしょ？」

泰生は一ヶ月ほど前にある出来事があってから、仕事の帰りに頻繁にこの店に顔を出してくれるようになった。立場上、彼も忙しいのはわかっているので、その気遣いをうれしいと思うのと同時に、負担をかけているだろうと申し訳なく思っていた。

私を見つめる彼の瞳が暗く翳《かげ》る。

「……心配するなってほうが無理あるだろ。婚約者がいきなり蒸発したら、誰だって正気じゃいられないに決まってる」

一ヶ月前――忘れもしない九月十九日の早朝。私の婚約者であり、泰生の兄である二歳年上の悠生くんが、一方的なメッセージを残して行方《ゆくえ》不明になった。

最初はなにがなんだかわからなくて、ただただ混乱した。仕事は順調だったと聞くし、堅実な人だったので金銭面でのトラブルも考えづらい。いなくならなければならない理由なんて見当たらなかった。

ご家族のほうでも警察に届け出をしたものの、自宅には私に届いたものと同じような置き手紙があり、事件性は低く自らの意思による失踪と結論付けられた。以来警察は動いていない。

彼の居場所を突き止めることはおろか、足取りさえもまったくわかっておらず、関係する誰とも連絡は途絶えている。その段階になってようやく、私は悠生くんが強い意思をもって消息を絶ったのだと理解することができた。

悠生くん――幼いころからずっと一緒で、母や父を亡くしたときも私を支えて励ましてくれた人。

優しくて真面目。男性にしては繊細で、ちょっと不器用なところも含めて、私には魅力的に映っていたし、今でも好きだ。

改めて、彼から最後に送られてきたメッセージを見る。そこにはやはり『幸せにしなければいけない人ができた』と書かれていた。

付き合って五年。結婚まで約束していた私よりも幸せにすべき人がいる、ということに驚いたし、悲しかった。

……知らなかった。悠生くんに、私のほかに好きな人がいたなんて。彼は私との未来よりも、その人を選んだということだ。一途で義理堅い彼の性格を思うと、うそみたいな話だ。

とはいえ、一概に彼を責めることもできなかった。二年前から「結婚しよう」とプロポーズし続けてくれた悠生くんを、自分の都合で待たせていたのは私だ。身を固めることに抵抗があったわけではないけれど、『フォルトゥーナ』の経営者としての下地ができるまでは、それ以外のことを考えたくなかった。

悠生くんは私のわがままを聞き入れ、「日和のいいタイミングまで待つよ」と言ってくれた。その優しさに甘えすぎてしまったのかもしれない。

この二年間のどこかで私が「そろそろ結婚したい」と訴えていれば、彼を引き止められたのだろうか。

……なんて、もうそのころにはとっくに彼の心は離れていたのかもしれないけど。

「――兄貴のヤツ、一体なに考えてんだよ……」

泰生がさっきよりも深いため息を吐いてから、苛立った様子で後頭部をぐしゃぐしゃと掻いた。

悠生くんがいなくなったことで、もっとも複雑な思いを抱えているのは、弟の泰生であることには間違いないだろう。

ゼノ・ホールディングスの傘下にはふたつの会社がある。全国にファミリーレストランなどの飲食チェーンを展開するゼノフーズと、ゼノフーズの店舗で提供する野菜を栽培するゼノアグリ。年商や事業所の数を見ても、ホールディングスの収益により大きな影響を及ぼしているのはゼノフーズだ。

現在ホールディングスの代表は泰生のお父さんである唯章《ただあき》氏。ゼノフーズとゼノアグリの代表には、唯章氏のふたりの弟さんが就いているけれど、早い段階での世代交代を考えているらしい。

唯章氏としては、長男の悠生くんにゼノフーズ、次男の泰生にゼノアグリの舵《かじ》を取ってもらおうという意向で、彼らをそれぞれの会社の専務にして、その準備を進めていた。しかし、悠生くんが突然姿を消したことで計画が狂ってしまったらしい。

跡取りとしての責任や、親公認の婚約者となっていた私に対する責任を放り出した悠生くんに対し、唯章氏は「二度と家の敷居を跨《また》がせない」と怒りを露《あらわ》にした上で、ゼノフーズを泰生に任せることに決めたという。泰生にとっては、いきなり重圧がのしかかってきた形だ。私には多くを語らないけれど、兄弟仲がよかったこともあり、きっと内心は穏やかでないはずだ。

「ほかに好きな人がいたなら、そう言ってくれればよかったのに。……そしたら、時間はかかったかもしれないけど、受け入れられたのにな」

私の知っている悠生くんは、無責任でも自分勝手でもない。むしろそれとは対極にいるような人。だからこの決断の裏には並々ならぬ葛藤があったと思いたいけれど——残された私たちは、彼の最後のメッセージから彼の気持ちを推測することしかできない。

冷静になった今、彼の失踪の理由が『好きな人を幸せにすること』だけなのだとしたら、そんなことをする必要はなかったのではないか、と思ったりもする。

私だって、心変わりしてしまったのだと悠生くんから正直に伝えてもらえれば、人の気持ちを無理強いはできないのだし、どうにか彼を忘れようと努力しただろう。……でも。

「――悠生くんは真面目すぎるから、私にはっきり言えなかったのかな」

私は独り言のように付け足した。

悠生くんは自分が傷つくことより、相手を傷つけることのほうが怖いと思うタイプだ。五年も付き合って結婚まで約束した私に別れを告げたときのリアクションを想像して、苦しんでいたのだとしたら――胸が締め付けられるように痛くなる。

「本当に真面目で優しいヤツは、急に消えたりしないだろ」

つぶやくように、泰生が悪態をつく。私は敢《あ》えて明るく笑った。

「かもしれないけど、悠生くんらしいな、とは思うよ」

悠生くんと泰生は、兄弟だけど性格はあまり似ていない。泰生は自己主張がはっきりしていて、なにごとも白黒つけたがる節があるけれど、悠生くんはその逆。相手を傷つけないように、婉曲《えんきょく》で柔らかい物言いをする傾向がある。

それぞれのよさがあるから、一概にどちらがいいとは言えないけれど、今回の件に限って言えば、思い詰めずに「好きな人ができた」とストレートに打ち明けてほしかったのが本音だ。

「……今ごろ、どこでなにしてるんだろうね」

私はワイングラスを軽く回しながら、悠生くんのことを思った。

ご近所だから、毎日のように——いかにお互い忙しくとも週に一度は顔を見かける環境だった。付き合い始めてからはなおさら。こんなに長い間、悠生くんに会えないのは初めてかもしれない。

きっと、『幸せにしなきゃいけない人』と一緒にいるのだろうけれど……元気にしているのだろうか。泰生の話では、財布やカードの類《たぐい》はすべて持って出ていったとのことだから、生活には困っていないと信じたい。

『日和の誕生日は必ず空けるから、期待しててね』

悠生くんがいなくなるほんの二週間前。そのころの悠生くんは忙しそうで、週に一度、私と一緒に食事をする時間すら取れないようだった。なによりも仕事を優先したい気持ちはよくわかるので、私が『頑張ってね』とメッセージを送ると、悠生くんはそんな風に返信してくれた。

十一月二日。悠生くんと過ごすはずだった誕生日が、もうすぐやってくる。

大学生アルバイトの小淵《こぶち》くんに一日シフトに入ってもらって、私はお休みをもらうつもりだったけれど、その必要もなさそうだ。それに、今は働いていたほうが気が楽なので、予定を変えてもいいのかも。

ひとりの時間があると、やっぱり悠生くんのことを考えてしまうし——

「お待たせしました～、漁師風トマト煮込みです！」

ワイングラスの三分の一程度を満たす赤紫色の表面に、彼氏——いや、元カレの顔を映していると、向かい合う私と泰生の間に白い深皿が割って入った。トマトとガーリックの食欲をそそる香りが、湯気とともにぷんと漂う。

「うまそうですね、佐木さん」

泰生が顔を上げ、その深皿を持ってきた人物に呼びかける。コックスーツに身を包んだその男性の年齢は五十代前半くらいで、肩までの黒髪をひとつに束ねており、体格がよくてコワモテ。そんな見た目に反し、繊細な味覚と色彩センスを持つ佐木さんは、『フォルトゥーナ』の料理長だ。

うちの父がかつて在籍していた都心のリストランテで、後輩シェフとして働いていた佐木さん。父がこの店を開店すると聞き「ぜひ雇ってください」と頭を下げたのだという。

父は「リストランテよりも待遇は悪くなるし、シェフとしてのステップアップも見込めないので残ったほうがいい」と説得したようだけど、佐木さんは折れなかった。佐木さんにとっては、シェフとしての待遇や名誉よりも、うちの父と一緒に仕事をするほうが重要だったのだとか。要は、父の人間性に惹かれてついてきてくれたのだ。

「さっき味見させてもらったけど、おいしかったよ！」

釣り好きの佐木さんは、朝に車を走らせて海に行き、ときには船で沖まで出て目当ての魚介を釣っているようだ。釣りも料理の腕前もスペシャルな彼の特別メニューは、いつもハズレがない。

「泰生くんのオーダーってことで、バタートースト付けといたよ」

「うれしいな。ありがとうございます」

深皿の周囲を囲うように、スライスしたバゲットで作ったバタートーストが添えられている。表面に塗ったバターがこんがりときつね色に彩られ、仕事中にもかかわらずお腹の虫が鳴ってしまいそうだ。

幼なじみの泰生と悠生くんは幼いころからこの店に出入りしていたので、佐木さんとも親戚のおじさんと子どものような関係だ。彼らが訪れるたびにこんな風に世話を焼いてくれる。

佐木さんが厨房に戻ったそのとき、店のドアベルがチリンと鳴った。

「――あら～、泰生くん、いらっしゃい」

扉に視線を送ると、買い物袋を抱えた奥薗さんが帰ってきたところだった。カウンターに泰生の姿を見つけると、うれしそうに空いたほうの手を振る。

「お邪魔してます。ペアリングのワイン、相性抜群でおいしいです」

「気に入ってもらえてよかった～。そのピノ・ノワールってブドウの品種はね、トマトソース全般と合うから、パスタやピザにもおすすめよ」

奥薗さんは買い物袋を近くの座席に置き、泰生のそばにやってきた。自身のペアリングを褒められ、胸の前に両手を合わせてよろこんでいる。

奥薗さんは五十歳前後だけど、見た目がもっと若く見えるのは、雰囲気に合ったナチュラルメイクと茶色のボブヘアのせいだろうか。白いシャツに黒いパンツというシンプルな格好だからこそ、細身であることがよくわかる。

彼女もまた、父のリストランテ時代の同僚だった。当時はソムリエの資格を取るための勉強をしながらホールの仕事をしていたらしいけれど、父が独立する噂を耳にして、佐木さん同様「雇ってください」と熱望したと聞く。ソムリエになったのは『フォルトゥーナ』に籍を移してかららしい。

彼女の提案するペアリングのおかげで、庶民的な店ながら、冠婚葬祭などのかしこまった場での宴《うたげ》に利用してくださるお客さまもいて、とても助かっている。

「へぇ、勉強になるなぁ」

自身の会社で飲食を扱っている泰生は、自身が食べることが好きなのもあり、興味をそそられたようだ。感心したようにうなずく。

「会社のメニューでも真似していいよ。イタリアンの居酒屋チェーン、ゼノフーズで持ってたでしょ？」

「じゃあアイデアもらっときます」

奥薗さんと泰生がにこやかに笑っていると、厨房のほうから「あっ！」と佐木さんの叫び声が聞こえた。それから、彼が再びカウンターに出てくる。

「律子《りつこ》、言い忘れてたけどカッサータがないから頼む」

律子とは、奥薗さんの名前だ。佐木さんがバツが悪そうに額を掻いて言うと、奥薗さんが信じられないという風に目を剥《む》いた。

「えー！　しゅうちゃん、そういうの買い物行く前に言ってよ。オレンジピール切らしてたんじゃなかったっけ……。だいたい、仕込むのに時間かかるのに」

しゅうちゃん、という愛称は、佐木さんの名前である修一《しゅういち》から来ている。

「どうせひと晩かかるんだから、今夜は間に合わないだろ」

カッサータとは、チーズクリームにナッツやドライフルーツなどを合わせたイタリアのアイスクリーム。奥薗さんはホールや調理補助もこなしてくれていて、ドルチェの一部は彼女が仕込んでいる。カッサータもそのうちのひとつだ。

数時間タイミングが違ったところで結果は変わらない。そう言いたげな佐木さんに、奥薗さんが「あのねぇ」と反論する。

「——だとしても、買い物は行ってこなきゃいけないじゃない。私にまたスーパーまで往復させる気？」

「俺は厨房から出るわけにいかないんだから仕方ないだろ」

「仕方ないだろって……あなたっていつもそうっ」

テンポのいいかけ合いの途中、泰生がふたりを眺めながらふっと笑う。

「なにがおかしいの、泰生くん？」

奥薗さんがちょっと不服そうに泰生を一瞥《いちべつ》した。すると泰生は、悪気はなかったとばかりに顔の前で拝むような仕草をする。

「あ、いえ。おふたりとも、相変わらずこのワインと料理みたいに相性抜群だなって。そうやって仲良さそうなところを見てると、『元』夫婦って感じがしないな」

「だね」

私も同感なので相槌《あいづち》を打った。口ゲンカしつつも、彼らの間には、長年連れ添った夫婦特有のリラックスした空気感がある。

実は奥薗さんと佐木さんは十年ほど前まで夫婦だったのだ。『フォルトゥーナ』の経営が安定し始めたときに結婚してお店でパーティーをしたのを、子どものころのことだが覚えている。

離婚理由は『家でも仕事の話になって気が休まらないから』。お互いに仕事人間なので、一緒にいるとお店の話をしてしまうらしい。ふたりともお店を辞める気はなかったから、それなら私生活で距離を置きましょうということにしたようだ。

離婚後もふたりに別のパートナーができたとは聞かないし、定休日にはふたりで食事していることもある。私から見ればいつも仲良しなので、復縁したらいいのにと勝手に思っている。

「相性抜群なら離婚しないで済んだわよ」

奥薗さんは照れ隠しなのか皮肉っぽくそう言ったけれど、それを自身で笑い飛ばして続ける。

「っていうのは冗談として。……まぁ別に、嫌いで離婚したわけじゃないからね。でしょ？」

彼女が佐木さんに振ると、彼もいつもは鋭い瞳を優しく細めて、豪快に笑う。

「そうそう。俺たちは今くらいに適度な距離感があったほうが上手く行くんだよな」

「これで四六時中一緒だったら、私もっと突っかかって大ゲンカになってると思うわ」

奥薗さんがいたずらっぽく言うと、みんながおかしそうに笑った。

「――ただ、先代と伽奈子《かなこ》さんは別格だ。あのふたりはいつも一緒だったけど、ケンカしてるところは一度も見たことなかった」

佐木さんがちょっと遠くを見つめて、懐かしそうにつぶやく。伽奈子というのは、私の母の名だ。

「ですね。母は控えめで父の決めたことに反論しませんでしたし、父もそんな母の意見をできるだけ汲《く》もうと、丁寧に言葉を交わしていた記憶があります」

　両親は常にお互いを想い合っており、穏やかだった。私もふたりが言い合いをしている様子は記憶にない。思春期、傍《はた》から見ると少し恥ずかしくなるくらいに仲睦《なかむつ》まじかったけれど、今となっては自慢の両親だ。

「瀬名さんも伽奈子さんも人柄がいいから、お客さまも自然とそういう方々が集まってくださるんですよね。本当、素敵なご夫婦だったわ」

　今度は奥薗さんが瞼《まぶた》を閉じて言う。きっと父と母の姿を思い浮かべているのだろう。

「……そう言っていただけて、両親もよろこんでいると思います」

　父と母とともに、この店をずっと支えてきてくれた佐木さんと奥薗さん。大学在学中の私が、ふたりに「この店の経営者になる」と決めたことを話したとき、いやな顔ひとつせずに応援してくれた。

　父が亡くなったことで離れてしまったお客さまもいるけれど、それでもなんとか黒字をキープできているのは、彼らがそばで支えてくれていたから。このふたりには、感謝の念が絶えない。

　――そして。感謝しなければいけない人はもうひとり、私の目の前にもいた。カウンターで、私たちの昔話に耳を傾けている彼。

　泰生とはもともとなんでも言い合える友達だったけれど、悠生くんがいなくなってからはずっと支えてもらいっぱなしだ。最初のころは現実を受け止めきれない私に毎晩のように電話をくれたし、少し落ち着いてからはこうして様子を見に来てくれる。

軽口を叩きつつも、その実は私のことを深く心配してくれているのがわかった。私は本当にいい親友を持ったな、と思う。

彼のほうからしてみれば、自分の兄の不義理をフォローしているだけなのかもしれないけれど。それでも泰生が話し相手になってくれることで、地の果てまで落ち込んだ気持ちが楽になったし、つらくとも少しずつ現実を受け入れて前を向かなくてはいけないという思いにさせられた。

そのとき、またドアベルが鳴った。今度は正真正銘、お客さまだ。ふたりとも初めて見るお顔なので、新規の方だろう。

「いらっしゃいませ～」

私と奥薗さんの声がユニゾンし、佐木さんは厨房に戻る。私がカウンターの外に出て奥薗さんの置いた買い物袋を裏へ引っ込めているうちに、奥薗さんがお客さまを席へ案内する。

「そうだ日和。二週間後の夜、空いてる？」

カウンターに戻った私に、思い出したように泰生が訊《たず》ねた。

「二週間後？　って、いつ？」

「十一月二日」

――あ。……私の、二十六回目の誕生日。

「……えっと、昼か夜どっちかなら……」

「あらあら、その日は丸一日お休みのはずじゃなかったですか、日和さん？」

私が少し躊躇《ちゅうちょ》しながら答えると、早々とオーダーを取り終わった奥薗さんが戻ってきて、口をはさんでくる。お客さまと会話をしつつ、私たちの会話にも聞き耳を立てていたらしい。

「あ、でもそれは——」

悠生くんとデートするために空けていただけで。彼との予定がなくなったなら、どちらかだけでも働こうという気持ちになっていた。でも。

「泰生くん。日和さんは一日フリーなのでよろしくお願いします」

「えっ、奥薗さんっ？」

奥薗さんがかしこまった所作で、泰生に頭を下げた。その意図がわからなくて混乱する。

「平日ですし、昼も夜もブッチが入ってるんで心配しなくて大丈夫ですよ。お任せください」

ブッチ——小淵くんの名前を出した奥薗さんは、泰生の肩をつんと突きながら、いたずらっぽく小首を傾げる。

「——泰生くんだって、そのほうがいいものね？」

「っ……奥薗さん」

泰生が慌てた風に奥薗さんの名前を呼んだ。彼にしては珍しく、心なしか少し照れているように見える。……なんだろう？

「てわけで、日和さんは気にせずお出かけしてきてください。せっかくなので、泰生くんに豪勢なランチやディナーでもごちそうになったらどうです？」

奥薗さんは小声でそう言うと、厨房のほうにくるりと方向転換して、声を張り上げる。

「——オーダー入ります～、グラスシャンパンが二つと前菜の盛り合わせ、漁師風トマト煮込み」

「ベーネ！」

佐木さんが歌うように答えるのを聞き届けると、彼女は仕事モードに入ったと言わんばかりに、黙々とシャンパンの準備を始めた。

「……まぁ、なんだ。奥薗さんもああ言ってくれてるし、兄貴の罪滅ぼしってわけじゃないけど、日和さえよければ出かけよう。一日空いてるなら、その日の予定は俺に組ませてもらえる？」

泰生はほんのちょっとだけ気まずそうに視線をさまよわせたけれど、小さくかぶりを振り、反応を窺《うかが》うように私の顔を覗き込む。

——うーん、どうしよう。

私と悠生くんが婚約していたことは、お店で働くみんなも知っている。彼が姿を消した直後は彼らにも心配をかけてしまったけれど、極力仕事に影響させたくはなかったので、お店ではできる限り普段通りに振る舞っているつもりだ。みんなも私の思いを汲《く》んでくれたのか、そのことについては触れず、温かく見守ってくれているのがありがたい。

そんな奥薗さんが妙に私を休ませたがるのは、たまにはお店を忘れてリフレッシュしたほうがいい、と、遠回しに元気づけようとしてくれているからなのかもしれない。

お店を離れていると余計なことを考えてしまいそうで、そっちも心配なんだけど……

……ううん。でもせっかくだし、やっぱり行こうか。

泰生もまた、私を元気づけようとしてくれているのだろう。罪滅ぼしなんて言うけれど、泰生はちっとも悪くないし私も彼を責めるつもりはない。だから責任感の強い彼に甘えすぎてはいけないと自戒しつつ、誘われたのは素直にうれしかった。

今年の誕生日は、久しぶりにひとりで過ごすことになるだろうと思っていたから、それだけで気持ちが明るくなる。仲のいい泰生が相手ならなおのこと。

「う、うん……じゃあ、お願いします」

熟考の末に私がうなずくと、泰生の表情に安堵《あんど》の色が浮かぶ。

「楽しみにしてる」

「……私も」

――泰生とふたりで出かけるなんて、いつぶりだろう。

遥か遠い記憶に想いを馳《は》せながら、私は彼が食事を終えるまでの間、他愛のない会話を楽しんだのだった。

◆◇◆

――二週間後。私の誕生日まではあっと言う間だった。

待ち合わせは午前十一時に『フォルトゥーナ』の前。お店の二階が、私の住居になっているからだ。

「たまには悪くないじゃん、そういう格好も」

「……そ、そう？」

私は少し照れながら首を傾げる。「日和が持っている中で、いちばんきちんとしている服で」という指定を受けていたので、ベージュのニットワンピースにブラウンのジャケットと、黒のショートブーツを合わせた。カジュアルめな格好が多い私にとっては大人っぽい組み合わせだ。

「うん。似合ってる」

「そ、それはどうも」

気恥ずかしくて視線を逸らしながらお礼を言った。

彼の装いは、黒いジャケットに白いバンドカラーシャツ、ダークグレーのスキニーパンツ。足元は革靴。普段のスーツ姿と似ているようで、ほどよく肩の力が抜けたファッションだ。彼は昔からなにを着てもさまになって羨《うらや》ましい。悠生くんも、「泰生は得だよね」とよく褒めていたっけ。

泰生の車で向かった先は都心にある、若者に人気のおしゃれなカフェだ。都会的なビルが立ち並ぶ中に突然現れる赤い屋根のお店は、鉄板で焼くふわふわのパンケーキが人気で、テレビやＳＮＳで話題になったので知っている。

普段は食いしん坊の私だけど、「昼は軽めにしておいて」と言う泰生に従い、リコッタチーズのパンケーキを三段にしたいところ、二段で我慢した。それにミルクたっぷりのカフェラテ。

泰生はブラックコーヒーと、フレッシュクリームのパンケーキを二段。そうだった。彼は兄と違って甘党なのだ。

男性とお茶をしていて、一緒に甘いものを食べてくれるのが新鮮で、それだけで楽しい。「かわいいし、おいしい」とパンケーキの感想を言い合った。

食後に連れていってくれたのはアクアリウム。カフェからほど近いそこは、光と音の演出が巧みで、カップルのデートスポットとして定評がある。私も興味があったので悠生くんを誘ったことがあったけれど、人混みが苦手な彼はあまり乗り気ではなかったから、残念に思いつつも諦めていた。

そういう話を、泰生に直接伝えたことはないはずなのだけど……思いがけず、来られてよかった。

訪れるお客さんのいちばんの目当てだというイルカショーを見たあと、ひとつひとつの水槽をきっちり見て回る。その途中で少し休憩しようという流れになり、私たちは建物内にあるカフェスペースに立ち寄ることにした。

ライトの演出を際立たせるために周囲は薄暗く、丸テーブルとイスの白さがやけに鮮やかに映る。

「カップルが多いけど、家族連れも多いね」

歩き回って少し暑いと感じたので、椅子の背もたれにジャケットをかけて椅子に座った。それから、クラゲ模様のプラカップに入ったホットレモネードを片手に、きょろきょろと辺りを見回してみる。

「子どもって海の生き物が好きみたいだな。さっきのイルカショーも、前列はほとんど小さい子だったし」

テーブルの向かい側に座る泰生は、ここでもブラックコーヒーをチョイス。手の中のカップには、エイが描かれている。

「やっぱりショーは迫力あったね。イルカも当然かわいかったけど、音楽とライトの使い方が素敵で、つい見入っちゃったな」

先刻のショーを思い出し、私はいつになくはしゃいで言った。

出かけるのは久しぶりだったし、家にいるとなんだかんだ悠生くんのことを考えてしまうから、一時《いっとき》でもそれを忘れて心から笑えたのは、泰生のおかげだろう。

「──ありがとね、泰生。ここ来てみたかったから、連れてきてもらえてうれしい」

「ならよかった」

泰生が私を見つめて穏やかに微笑む。

兄弟だから、彼の面差しは悠生くんに似ている。悠生くんも、よくそうやって目を細めて私を見つめてくれた。左目の下のほくろが、彼がかつての恋人ではないと認識させてくれる。

当の本人は今ごろ、私ではない誰かに、その微笑を向けているのだろうな──

「彼女さんのジャケット落ちてますよ」

ついつい、消えてしまった恋人のことをまた考えていると、後ろの席の女性がそう話しかけてきた。

「あ──ありがとうございます」

一瞬ぽかんとしてしまったけれど、すぐに私のことを言っているのだと気が付いた。慌てて振り返り、教えてくれた女性に頭を下げる。それから、気付かぬ間に床に落ちていたジャケットを拾って、椅子の背もたれにかけ直した。

──彼女さん、だって。周りからはそう見えてるのか。まぁ、私たちくらいの年の男女がふたりでいれば、そう思われても仕方がないのかもしれないけど……。自分ではあまり考えたことがなかったので、少しドキドキする。

今さらになって、泰生が異性であることを思い知らされたような気がした。と同時に、彼の運転する車の助手席に乗ったことや、いかにもカップルが訪れそうな場所を回っていること、そもそもこんな風に丸一日一緒にいる予定でいることさえも、特別感があるように思えてくる。

――って、違う違う。泰生はただの幼なじみなんだから、意識する必要なんてないのに。

きっと、泰生の周りには私と代わりたいと思っている女性はたくさんいるのだろう。けれど、私と彼に限ってそんな展開になるはずがない。

「――そ、そうだ。今さらだけど、今日仕事は？　大丈夫だったの？」

……わかっているのに、なんだろう、この気持ちは。心の裏側がくすぐったいような心地に無視を決め込み、話題を変えた。

「スケジュールはある程度自分で調整できるから。なにも問題ないよ」

「そう。それならいいんだけど」

私が内心で動揺しているなんて露《つゆ》ほども知らない様子で、泰生は涼しげに答えた。

彼みたいに会社勤めをしている人は、平日のお休みを取るのは大変なのではと思ったりしたのだけど、普通の社員とは立場が違うのだから愚問だったか。

「それと――わざわざ服装の指定をしてきたのはどうして？」

泰生はいつも相手の服装には無頓着な印象があるから、密かに引っかかっていた。私が続けて訊《たず》ねると、彼はコーヒーをひと口飲んでからいたずらっぽく笑う。

「ま、すぐにわかるよ」

「え？」

訊《き》き返してみたけれど、それ以上は答えてくれなかった。まるで、なにが起こるかはお楽しみ、とでも言うように。

「少しのんびりしたら、残りを見て回ろう。日和が見たがってたアザラシ、この先にいるみたいだし」

「あっ、そうだったね。楽しみ！」

——そうそう、アザラシ。丸いフォルムがかわいらしいのに、水に潜ると意外に素早かったりする。動物園では見たことがあるけれど、館内の案内図でここにもいると知り、楽しみにしていたのだ。

私たちはつかの間の休憩を挟んで、順路に戻った。


心待ちにしていたアザラシは、悲しいことに展示のガラスが曇っていてあまりよく見えなかったけれど、それを泰生と笑い合って、結果楽しかったのでよしとする。

アクアリウムを出ると、さらに車で移動した。途中、イチョウ並木がトンネルみたいになっている場所を通り、視界いっぱいに広がる鮮やかな黄色が美しくて、夢中で写真を撮った。

夕刻、私たちの乗った車は海沿いにあるフレンチレストランに到着した。都会の喧騒《けんそう》から離れ、ポツンと一軒だけそこにあるような白い正方形の建物。車を駐車場に停め、石の階段を上がると、厳《おごそ》かな門が現れる。そこをくぐって中に入ると、給仕服に身を包んだスタッフが、折り目正しく挨拶をしてくれる。

ダウンライトの落ち着いた照明が辺りを照らす店内を、私たちは窓際のソファ席に案内された。

「すごーい。こんな素敵なお店、来ちゃってよかったの？」

スタッフがワインリストを取りに行ったのを見計らい、泰生に耳打ちする。彼は、恐縮する私を見ておかしそうに笑ったあと、大きくうなずいた。

「もちろん。そのために予約したんだから」

「緊張しちゃう。こういうレストランに来るの、久しぶりだから」

彼が「きちんとした服」と指定したのは、最後にここで食事をするためだったのだ。

私は左胸に手を当てながら言った。同じ飲食店を営む身ではあれど、雰囲気が違いすぎる。

「兄貴が連れてきたりしなかったの？」

「うん……私、意外と気後《きおく》れしちゃうから、いつももう少しラフなお店にしてもらってた」

格式の高そうなお店は緊張が先に立ってしまう。だから普段のデートでは、気軽に入れる庶民的なお店を選んでもらっていた。

「――あっ、でもこういうところも好きだよ！　勉強になるし、やっぱりお料理がおいしいところが多いから」

私は付け足すように言った。雰囲気に慣れないだけで、決して苦手なわけじゃない。

ただ、泰生がこういう雰囲気のお店を選んでくれたのは意外だった。直接言葉にはされていないけれど、今日が私の誕生日であるのは知っているはずだから、そのお祝いとしてここを選んでくれたのだろうか。もしそうなら、その気持ちがなによりもありがたい。

「泰生は？　こういうところ、女の子と来たりする？」

「だから相手がいないって。この間も言ったろ」

「じゃ、泰生も久しぶりなんだ。なのにごめんね～、相手が私で」

彼がその気になれば、好みのかわいい子を誘うくらい訳ないだろうに。失恋した幼なじみのフォローなんてさせてしまって、申し訳ない。

「いいんだよ。俺は日和と来たかったんだから」

あははと笑いながら冗談っぽく言った私に対して、泰生は間髪を容《い》れず、いやに真面目なトーンでそう答えた。

「……あ、ありがと」

こちらに向けられた真摯《しんし》な瞳に、また心臓がどきんと高鳴る。

今日の私はどうかしている。そこに深い意味はないとわかっていても、私の目には妙に泰生が優しく、頼りがいのある男性に映ってしまう。

実際、友人としての彼は間違いなくそうなのだけど――今日に限っては、そういう意味合いではない。

自分で自分の感情に戸惑っているうちに、スタッフがワインリストを持ってきてくれた。すかさず泰生が「帰りは運転代行を頼んでるから、ワインを選んで。俺より詳しいだろ」と言ってくれたので、変な間ができずに済んだ。

詳しいというほどではないにしろ、奥薗さんから日々レクチャーを受けているから、普通の人よりはわかっているのかもしれない。食前酒も兼ねてシャンパンのブリュットと、メインの肉料理に合わせて赤のメルローを選んでみた。気に入ってくれるといいのだけど。

ほどなくして、スタッフが持ってきた細長いグラスに、華やかな薄黄色の液体が満たされた。軽くグラスを掲げて乾杯してひと口嚥下《えんげ》すると、喉奥に爽やかで心地いい刺激がほとばしる。おいしい。

追いかけるように前菜がやってきた。オイルサーディンとラディッシュのサラダ、馬肉のタルタル。栗とさつまいものムース。色合いが美しくて、それだけで食欲がそそられる。

「店はどう？　順調？」

「おかげさまでね。ほとんど佐木さんと奥薗さんのおかげだけど」

三種それぞれを口に運びつつ、泰生の問いにうなずく。やっぱりどれもおいしい。特にムースは秋らしさが全面に出ているし、佐木さんに相談してうちのお店でも出してみたいくらいだ。

「いい人たちだよな。お店のこと、すごく大事にしてくれてるのがわかるし」

泰生も顔を綻《ほころ》ばせているところを見ると、料理を気に入ったのだろう。

「うん。私は本当に周りの人に恵まれてると思う」

父と一緒に仕事をしていたのが、彼らで本当によかった。たまに店の手伝いをする程度の大学生だった私が、こうして曲がりなりにも店の経営者になれたのは、ふたりの協力あってこそだ。本当なら、父が亡くなった時点で辞められてもおかしくはなかったのに。

「泰生のほうこそ、仕事はどうなの？　今はずっとゼノフーズなんでしょ？」

「アグリとは内容も勝手も違うけど、食らいついてる。店やらメニューやら、覚えることがいっぱいって感じ」

「お店もメニューも多種多様だもんね。……大変そう」

ゼノフーズが展開する店舗は、ファミリーレストラン、ファストフード、居酒屋、カフェなど多岐にわたる。そのすべてを把握するのは骨が折れそうだ。それぞれのメニューまで含めたらなおのこと。

「フーズはこれから泰生が継いでいくとして、アグリはどうするの？」

「父親の弟に娘がひとりいるんだけど――つまり、俺の従妹《いとこ》な。役員連中の話では、その子にしようかって話が出てるらしい。でもなんか揉《も》めてるよ。考え方が古いから、やっぱ男じゃなきゃって渋ってるみたいで」

「あぁ、なるほど……」

一族経営のゼノホールディングスにおいて、跡取りは長子の長男から順番にというのが暗黙の了解らしい。古橋家の長男である唯章氏には、悠生くんと泰生というふたりの息子がいて、本来ならそのふたりがフーズとアグリの次期社長の座に納まるはずだった。それが、悠生くんが離脱した今、泰生がフーズに、アグリには弟さんの長女が繰り上がったというわけか。女性である点を懸念されているみたいだけど。

「長子の長男だとか、性別だとか、そういう時代じゃないんだけどな」

泰生がため息とともに吐き出した言葉に深く同意する。私は大きくうなずいた。

よそのお家のことだからそれぞれの考え方があるとは思いつつ、私も、長子の長男だからと盲目的に世襲させるとか、女性だから男性に劣るとか、そういう価値観は今の時代に合っていないのではと考えたりする。

「泰生のときにはルールを変えちゃえば？　完全実力主義にするとか」

「それもいいな。考えておく」

正義感の強い泰生なら、会社をよりよくするためなら多少の苦労は厭《いと》わないだろう。昔から有言実行できる人なので、大企業の体制へのテコ入れなんて難しい案件でも実現しそうな気がする。御曹司なのに客観的な視点を持っているのが、彼のすごいところだ。

「――そうだ。俺、もし自分が経営に直接関わるようになったら、変えようと思ってるところがすでにひとつあるんだ」

「へぇ、それはなに？」

泰生の瞳がきらりと輝いた。自分の興味がそそられるものの話をするとき、彼はよくこんな目をする。

「うちの会社、とにかく回転率を重視してるんだ。店の性質上、価格帯が低いから、その分客を入れないと利益が上がらないのはわかってるんだけど」

「うん」

「たまに日和の店に行くとさ、すごく落ち着くし、また来たいって気持ちになる。料理や酒がおいしいのも理由のひとつなんだけど、いちばんはホスピタリティだなって」

泰生は思い出すように軽く瞼《まぶた》を閉じた。そして、ふっと小さく笑う。

「日和の店の人たちはみんなにこにこしてて、気持ちが華やぐんだ。それに客に対して自然に歓待《かんたい》してくれるのがすごい。自分の他愛ない話を覚えてくれているとうれしいし、ちょうどもう一品欲しいところで勧めてくれるとか、客のさりげない会話を聞いて記念日だってわかったら、ドルチェのプレートにメッセージを書くとか……素直にまた来ようって思えるよね」

「わかってくれてうれしい。……それ、お父さんがいちばん大切にしてたことだから」

私は心に羽が生えたみたいな快さを覚え、感激して言った。

父がわざわざリストランテを辞めてこの店を作った理由はそこにある。気取らないけど心は尽くす。「お店は料理を提供するだけじゃなくて、おもてなしをする場なんだよ」と、父は口癖のように話していたから。

うれしいけれど、正直、泰生がそんな風に言ってくれたのは意外だった。

というのも、以前、兄の悠生くんに父のポリシーであるおもてなしの話をしたとき、「素敵な心がけだとは思うけど、会話で客を引き留めてしまうと店の回転率が下がるから、俺ならそうはしない」とはっきり言われてしまったからだ。

悠生くんの意見は、経営者としては正しいのかもしれない。売り上げを第一に考えたらそうするべきなのもわかっている。でも、同じ経営者だからこそ、根っこにある大切なものをわかり合えないような気がして――父や私の思いを否定された気がして、寂しかった。

……てっきり泰生も悠生くんと同じ価値観を持っていると思っていたのに。

「もちろん、うちが持ってる店を全部そうしたいってわけじゃない。たとえばファストフードみたいに、敢《あ》えて回転率だけに特化するべき形態の店舗もあるし」

「そうだね。お店によってお客さまが望む形は違うし」

「うん。それを見極めて接客マニュアルも店舗ごとに組み直していくべきだと思ってる」

御曹司として幼いころから帝王学を叩き込まれているせいか、泰生には常々仕事に対する強い熱意があり、彼の放つ言葉には自らが改革していきたいという前向きな意思が宿っている。

……この人が作るゼノフーズのお店がどう変わっていくのか、すごく楽しみに思えてきた。

「泰生とこういう真面目な話するの、あんまりなかったから新鮮」

「俺も」

私たちはどちらからともなく微笑み合った。

子どものころからの付き合いだし、悠生くんと仕事についての考え方が嚙み合わないと自覚していたから、泰生ともこういう話をするのは避けていたかもしれない。でも。

「ね、泰生。迷惑じゃなかったらだけど……これからは仕事の相談とかしてもいい？」

お店の規模や形態は違うけれど、泰生なら父や私の信念を理解してくれそうな感じがする。もちろん佐木さんや奥薗さんも頼りにしているけれど、お店の外で忌憚《きたん》ない意見を聞けるのは貴重だ。

「もちろんいいよ」

泰生は笑顔のまま、快くうなずいてくれた。

「ありがとうっ。じゃあさっそくだけど――」

これまで仕事の相談相手といえば、父の仕事を間近で見てきた佐木さんと奥薗さんしかいなかった。思いがけず新しい味方ができてはしゃいでしまった私は、趣向を凝らしたおいしい料理を頂きつつ、お店のメニューやその価格設定、お客さまがよろこんでくれそうなサービスなど、最近「このままでいいのかな?」と迷っていた内容について、さっそく彼に意見を求めてみた。

泰生はそのひとつひとつに対して真剣に考えを述べてくれた。彼のアドバイスがもっともだと思う事柄もあれば、それでも持論を貫きたいと思う内容もあったけれど、意見を交換することで新たなアイデアが閃《ひらめ》いたりして、得るものがたくさんある時間だった。

「……日和も筋金入りの仕事人間だな」

聞きたい話が一段落したころには、もうデセールを残すのみとなっていた。しゃべりすぎて渇いた喉を、残り少ない赤ワインで潤しながら泰生が苦笑する。

「ごめん。お店のことになると、つい夢中になっちゃって」

きっと泰生は、こんな真面目な話をするためにここへ連れてきてくれたわけではなかっただろうに。突っ走って、訊《き》きたいことを遠慮なく訊《き》きすぎてしまったみたいだ。

私が反省して言うと、泰生は小さく首を横に振った。

「いや、日和らしいからいいよ。それに、日和にとって『フォルトゥーナ』はただの職場じゃないもんな」

「……うん」

脳裏に亡き両親の顔が浮かぶ。

ふたりが私に遺した大切な場所。だから私が守っていかなきゃいけないのだ。ほかの誰でもない、娘の私が。

そんな気持ちが根底にあるから、仕事が絡むと一生懸命になりすぎてしまうきらいがある。

「お待たせしました」

そのとき、スタッフがデセールのプレートを持ってやってきて、私と泰生の前にそっと置いてくれる。

「……わぁ」

白い正方形のお皿には、緑色のマカロンと紫色のアイスクリーム、淡いオレンジ色のジュレが入った小さなグラスがバランスよく配置されており、中央にはいちごのフレジェ。私のほうにだけ、手前にチョコソースで誕生日を祝うメッセージと、明かりの点《とも》ったかわいらしいキャンドルが一本添えられている。

「お誕生日おめでとうございます」

「あっ、ありがとうございます」

そうだった。話に没頭しすぎて、今日が誕生日であることを忘れてかけていた。お祝いの言葉をかけてくれるスタッフに頭を下げてから、改めてプレートを見つめる。

「――すごく素敵……見とれちゃう」

どれも見た目が美しくておいしそう。見ているだけで、口元が緩んでしまう。

「こういうサプライズ、いつもはする側だと思うけど、たまにはされる側になるのも悪くないだろ？」

「……うん。すごくうれしい」

簡単にデセールの説明をして、スタッフはその場を去っていった。ピスタチオのマカロン、紫芋のアイスクリーム、柿のジュレ。どれも秋の味覚だけど、ひとつだけそうではないものがある。

「いちごのケーキが好きなの、覚えててくれたんだ」

私が言うと、泰生がもちろんとばかりにうなずいた。

やっぱり、このフレジェは彼がチョイスしてくれたものだったのだ。私の好物と知っているから。

「昔、家族で食事しに行ったとき、俺の分まで食べてただろ。で、おじさんに怒られて」

「そうだったね」

家族ぐるみでお付き合いをしていた時期もあったから、私たちは一緒に食事に出かけたりもしていた。泰生のお皿にまで手を出した私を、父がこっぴどく叱ったときのことを思い出す。昔からショートケーキが大好物だったとはいえ、お行儀の悪いエピソードだ。今思い出しても恥ずかしい。

母が亡くなったころから父はお店のことをひとりで背負うようになったので忙しく、そういう機会が減っていったけれど、改めて、家族みたいに濃い付き合いをしていたんだな、私たちは。

——泰生が私をよろこばせたいと思ってくれたその気持ちが、すごくうれしい。

こんな風に思いがけなく優しくされると、目頭が熱くなって……やだ、柄にもなく泣きそう。

「……ごめんね、私のために。気を遣わせてごめんなさい」

「日和？」

お礼よりも先に、唇からこぼれたのは謝罪の言葉だった。私は顔を上げて、ほんの少しぼやける視界で泰生を見つめる。

「あのね、泰生……罪滅ぼしとか、思わなくていいんだよ」

『兄貴の罪滅ぼしってわけじゃないけど、日和さえよければ出かけよう』

二週間前に彼が私に言った言葉が、なんとなく頭にこびりついていたから、そう口にする。

「泰生が私のこと可哀想に思って気にかけてくれるのはありがたいし、うれしいけど……悠生くんがいなくなったのは泰生のせいじゃないよ。弟だからってその分フォローしなくちゃ、とか思わなくていいんだからね？」

兄の代わりに罪滅ぼしをする必要なんてないのだ。私は悠生くんの代わりに泰生を責めるつもりはないし、憎く思うこともないのに。無意識のうちに、泰生にそんなプレッシャーをかけていたのだとしたら申し訳ない。

「……別に、そういうつもりで今日誘ったわけじゃない」

私の言葉に、泰生は一瞬面食らったようだったけれど、すぐに表情を引き締めた。そして、緩く首を横に振って続ける。

「こないだ罪滅ぼしって言ったのは……その、そう言ったほうが、日和が気兼ねなく来てくれるかと思ったからなんだ。逆に罪悪感を持たせてたなら悪い」

「ううん」

泰生が謝る必要なんてない。彼にたくさん謝らなければいけないのは私のほうだ。

「――柄にもなく落ち込んだりして、泰生に迷惑かけてたのは自覚してるんだ。私のほうこそごめんなさい。そして、いつも私のことを気にしてくれてありがとう。でももう、そろそろ吹っ切れてきた」

突然だったからどうしたらいいかわからなくなって、だいぶ泰生に寄りかかってしまった。だけどそれももう終わりにしなきゃ。

私は努めて笑顔のまま続けた。

「悠生くんと過ごした時間は長かったから、完全に忘れるのはまだ難しいけど……でも、悠生くんは自分の意思で私たちから離れていったんだって実感が湧いてきた。それは泰生のおかげだよ。悠生くんがいなくなってからずっと、泰生が私を支えてくれてたんだよね。……本当に感謝してる」

正直に言うと、悠生くんのいない喪失感に打ちのめされそうになる瞬間が、まだ不意に訪れることがある。でも、その回数は確実に減っているし、これから先、さらに時間が経てばもっと減っていくはずだ。それは、泰生がさりげなく私の様子を窺《うかが》い、声をかけてくれたからだと思っている。

彼には感謝してもし足りない。

「つくづく、持つべきものは親友だなって思ったよ」

長い間育《はぐく》んできた信頼関係があるから、彼も惜しみなく私に手を差し伸べてくれたのだろう。泰生のような、特別な友人と出会えてよかった。

「……親友、か」

「あっ、ごめん。図々しかったかも」

泰生の表情が曇ったので、慌てて訂正する。

——親友、なんて。泰生は面倒見がいいだけで、私と同じ気持ちでいてくれているかどうかはわからないのに。ひとりよがりだったかもしれない。

「……いや」

それでも、彼は焦った私の顔を見てぷっと噴き出したあと、小さく息を吐いた。

「——仕方ないな。ならこれからも、日和のいちばんの親友でいてやるよ」

「なにそれ、偉そう」

「うるさい」

「いてやる」って言い方は面白くない。……泰生らしいといえば、らしいのだけど。口を尖《とが》らせる私を笑い飛ばして、泰生が続ける。

「……いいか、親友には不安なことや心配ごとは遠慮せず打ち明けるんだからな。日和はなにごとも自分ひとりで解決しようとするけど、頼れる人やものがあるときは頼らないと自滅するぞ」

「わかった。……そうだよね」

少しぶっきらぼうだけど、私のためを思って言ってくれたのは伝わったから、素直に聞き入れることができる。

——悠生くんにもよく言われていたっけ。「ひとりで背負い込もうとするくせがあるけど、無理しなくていいし、隙があったほうがかわいいよ」って。

そんなつもりはないのだけど、父母が相次いでいなくなってしまってからは、とにかく自分がしっかりしないと、という気持ちが強くなりすぎているのかもしれない。

「これからは泰生にも相談できるし、困ったことがあったら頼りにさせて」

今日一日泰生と過ごして、改めて彼と一緒にいると心地いいと感じたし、信頼できる存在であると再確認できた。

彼がここまで言ってくれるのなら、もうしばらくはその厚意に甘えてもいいのかな。

「うん。それでいい」

彼はもう一度うなずくと、視線を自身のプレートに落とした。

「――ほら、早く食べよう。アイスが溶ける」

「うん」

アイスクリームが溶けかけている。せっかく彼が手配してくれたのだから、万全の状態できちんと味わいたかった。

おいしいスイーツを食べながら、私たちはもう少しなんでもない会話の応酬を楽しんだ。

二十六歳の誕生日は、思いがけず、心がじんわりと温かくなる思い出に満たされたのだった。

2

十二月の飲食店はどこも忘年会モード。いつもは少人数での予約の多い『フォルトゥーナ』も、その例に漏れず貸し切りなどの予約が入るようになった。

うちの店では、貸し切りの場合は特別な要望がない限り、こちらで用意したコース料理を提供することになっている。料理提供の種類と量、タイミングが決まっている分、アラカルトの注文がランダムに入るよりは厨房をスムーズに回しやすいのだけど、予約の人数によってはてんやわんやだ。

「次、カポナータとレバーパテ出して」

「はいっ！」

テキパキとした佐木さんの声に、ホールから答える。

次々と入るお酒のオーダーに対応しつつ、人数分の前菜をテーブルに運ぶ。

今日は十五人。地元の商工会議所の、親しいグループ内での忘年会だ。彼らは毎年この時期にうちを使ってくれるお得意さん。よく食べ、よく呑んでくれる気前のいい人たちなので、お店としても助かっている。

宴《うたげ》が始まってからは常にカウンターと客席を往復している状態だったけれど、やっとひと呼吸つくタイミングができた。

「あら、日和さん。なんだか顔色が悪いけど……？」

今夜は厨房で調理補助をしている奥薗さん。客席にパンを配りに出てきた彼女は、こっそりと壁に寄りかかる私の顔を覗き込んで訊《たず》ねた。

「大丈夫、元気あり余ってますっ」

咄嗟に壁から背を離してガッツポーズをしてみせるけれど、彼女はそんな私を訝《いぶか》しげに見つめる。

「さっき、グラス落としそうになってませんでした？」

「あはは……たまたま手が滑っちゃって」

——奥薗さんは鋭い。まさか、あの一瞬を見られていたなんて。

笑ってごまかすと、彼女はちょっと心配そうに眉尻を下げた。

「最近は貸し切りが多いですものね。お疲れ気味なのもわかるわ」

「いえ、気力はまったく問題ないんですよ。本当に」

そう、気力は問題ない——はずだ。お店に出ている間はお客さんとのやり取りも楽しいし、忙しい時期だからこそ普段にも増して仕事にやりがいを感じている。

でも……お店の閉め作業をして、二階の住居に帰ってひとりになった途端、電池が切れたみたいに動けなくなることが多くなった。いつもの私なら、軽く食事を取ってからシャワーを浴びて寝るのに、すべてが面倒に感じてしまい、リビングのソファにもたれたまま眠ったりして。

その割に眠りは浅く、ひと晩に何度も起きてしまって疲れが抜けない。けれど、不思議とランチタイムの開店準備のころにはなんとか動けるようになるから、繁忙期がもたらす一過性のものだろうと思っている。

「日和さんがそう思い込んでるのが心配なんです。食事ちゃんと取ってます？」

「……はい」

ワンテンポ遅れてうなずく。実際のところは取ったり取らなかったりだけど、正直に言うと怒られそうで、躊躇《ちゅうちょ》してしまった。

「うそつけないですね、日和さんは」

微妙に生じた間を不審に思わない奥薗さんではない。やれやれといった風に肩をすくめる。

「ブッチもシフトに貢献してくれてるし、休めるときは休んでもらって大丈夫ですからね。ね、ブッチ？」

彼女が声をかけたのは、私と一緒にお酒や前菜のお皿を運んでいた男の子。

ブッチ――小淵くんは、となり駅の私立大学に通っている大学三年生。たまに訪れる貸し切り営業の負担を軽くするためと、私の休みを確保するために今年の春から雇った、ホール専門のアルバイトだ。テスト期間は長期離脱せざるを得ないものの、人懐っこくてうちの常連さんたちからの受けもいいので、ディナータイムの大事な戦力になっている。

「はい。日和さん、オレめっちゃ働きますんで。こき使ってくださいっ」

小淵くんは奥薗さんに振られた直後、私に明るく笑いかけてくれる。弧を描く唇から白い歯が覗いた。

こなれたマッシュショートの茶髪と、左右の耳にひとつずつ開いたピアスは、いかにも学生らしい雰囲気。顔の造形がどことなく女の子っぽく思えるのは、ぱっちりした二重の丸い目と、緩いカーブを描くように整えられた眉のせいだろう。

「ありがとう。でも、本当に平気だから」

お店の従業員に心配をかけたくない私は、意識的になんでもない素振《そぶ》りを見せた。

ただでさえお店を支えてもらっているのに、私個人のことで迷惑をかけるわけにはいかない。

それに――父はかつて病気と闘っている間も、よほどのことがなければずっと厨房に立ち続けていた。手のひらいっぱいの量の服薬を続け、家に帰ればすぐベッドに直行してしまうような体調だったのに、お店では一切そんな様子を見せずに。

そんな父の姿を知っているからこそ、この程度でへこたれてはいられないのだ。

そのとき、店の扉が開いた。

「いらっしゃいませ～。申し訳ございません、本日は――あっ、泰生さん」

小淵くんがドアベルの音に被せて貸し切りである旨を説明しようとしたところで、訪れた人物の名前を呼ぶ。

「こんばんは。貸し切り？」

仕事帰りのスーツ姿。首元に温かそうな黒いマフラーを巻いた泰生が小淵くんに挨拶しながら訊《たず》ねると、私の横にいた奥薗さんも彼らのもとへ歩み寄っていく。

「そうなんですよ～、年末なので」

「泰生、どうしたの？」

私もその輪に入るべく、扉へと向かった。

「いや、ちょっと話があって。すぐ終わるんだけど」

泰生が扉を閉めながら、私に視線を向けて言う。

私は店内を見回した。小さな店なので、十五人ものゲストがいれば賑やかで、落ち着いて会話できそうなスペースはない。となると——

「外でもいいかな？」

「構わない」

「すみません、ホールお願いします」

泰生が快諾してくれたので、私は少しの間だけホールを小淵くんひとりに任せることにした。

「任せてください！」と送り出してくれる彼を背に、さっき泰生が閉めたばかりの扉を再び開けて、泰生を店外に連れ出す。

店内は人や厨房の熱気のおかげで暑いくらいだったけれど、冬の夜にシャツと膝下丈のスカート、エプロンの軽装では、やっぱり冷える。

「ごめんね、寒いのに」

扉の前の門灯に照らされ、泰生と向かい合う。冷たい外気を拒むように、袖口で両手の指先を隠す所作をしながら、泰生に声をかけた。

「気にするな。店にとってはありがたいことだし。っていうか、日和のが寒いだろ——ほら」

首を横に振った彼は、すぐに私が寒がっていることに気付くと、自身の首に巻いていた黒いマフラーを、私の首にかけてくれる。彼の体温が移っているせいもあって、とても温かい。

「これしかなくて悪いけど」

「う、ううんっ。ありがと」

泰生の温もりを意識してしまって、妙にドキドキする。

こんな、普通なら彼女にしかしないようなことをサラッとやってのけるから、彼はモテるのだろうか。

マフラーからふわりと香るのは、泰生がいつもつけている香水。ユニセックスで爽やかないい香りを街中で感じたとき、「あ、泰生の匂いだ」と認識するくらい、私の中では彼と結びついている。

——と。泰生が真面目な表情で私の顔を覗き込んできた。頭ひとつ分の身長差のある彼が、額と額がつきそうなくらいに、瞳を近づけてくる。

「なっ……なにっ？」

香水の香りを感じたとき以上のドキドキに襲われる。……相手は、子どものころから知っている幼なじみだというのに。

「顔色が悪い。体調がよくないのか？」

「や、やだ、泰生まで。全然、そんなことないよ」

気恥ずかしさもあって、私は首を横に振り視線を逸らした。奥薗さんのみならず、泰生までも。私って、そんなにわかりやすいのだろうか。

「本当に……？」

付き合いの長い泰生は、私の返答に違和感を覚えているようだった。

「さすが泰生くん。よく見てるわね～」

「ひゃっ！」

思いがけず背後から声がしたので驚いて振り返ると、薄く開いた扉の向こうから、奥薗さんがこちらを覗いていた。彼女は自身の顔がはっきりと見える程度に扉を押し、意味深に微笑む。

「奥薗さん……」

私と、同じく扉を見つめる泰生の声がユニゾンした。

「日和さんのことが絡むと、とりわけよく気が付くのよね～」

笑みを湛《たた》えたままの奥薗さんが歌うように言うと、泰生が痛いところを突かれたように眉を顰《ひそ》めた。

「幼なじみだからですかね。でも、私はなにも問題ないんですけど……」

一緒に過ごした時間が長い分、細かい変化に気付いてくれる部分はあるのだと思う。でもちょっと表現がオーバーだ。

私が苦笑すると、奥薗さんがやれやれとため息を吐いてから、泰生を見つめる。

「――泰生くんからも言ってあげて。日和さんに、くれぐれも無理しないようにって。それじゃあ、お邪魔しました～」

言いたいことだけを言って、奥薗さんがそっと扉を閉めた。

「……」

直後、再び私を見つめる泰生から疑わしげな視線が注がれる。

「ほ、本当に平気だって。……それより、話って？」

この繁忙期を乗り切れば、今はうっすら感じている不調も改善して、いつもの私に戻れるはずだ。

私は強めの語気で押し切ったあと、早々と本題に入った。すると泰生も、そうだったとばかりに軽く目を瞠《みは》る。

「来週の木曜って、貸し切り入ってる？」

「え？……ううん、入ってなかったと思うけど」

近々のスケジュールはなんとなく把握している。その日はこの時期には珍しく席の予約もない日なので、印象に残っていた。

「よかった。日和、高校のときフェンシング部だった桜井《さくらい》って覚えてる？」

「うん。ほとんど話したことはないけど……」

記憶を辿りながらうなずく。

桜井くんは泰生の部活の友達のひとりだ。泰生は当時から友人が多いほうだったけれど、その中でも特に仲がよかった人。私自身はクラスも違うし接点がなかったので、相手のほうは覚えていないだろう。

「実は、仲間内で桜井の婚約祝いをする予定だったんだけど、別の友達がセッティングしてくれた店が個室のダブルブッキングをしてたらしくて、キャンセル依頼の連絡が来たんだよ。スケジュールを変えようにも、みんなこの忙しい時期に時間を作ってくれたわけだし、空いてる店を探してて」

「それでうちを使いたいってこと？」

「頼めるか？」

「うん。大丈夫だよ」

私は快くうなずいた。

「すごく助かるよ。時間帯で貸し切りにできたら、なおありがたいんだけど」

「それも大丈夫。……っていうか、うち、庶民的なお店だけど大丈夫？」

お店としては大歓迎だけど、地域密着型のお店ゆえ、若い人の婚約祝いの場としては華々しさが足りない気もする。少し不安に思って訊《たず》ねると、泰生が「いや」と力強く首を横に振った。

「全然問題ない。ひとつサプライズをしたいのもあって、貸し切りにできて、ある程度自由にできる店がいいと思ってて。……ここなら料理も接客も申し分ないし、むしろ願ったり叶ったりだよ」

「うれしいな。私も、そういうおめでたい場に使ってもらえるなら張り切っちゃう。あとで人数とか希望事項を送っておいてくれる？」

「わかった」

お客さまのよろこぶ顔がなによりのモチベーションだ。それが泰生の友人で、私自身も知っている人であればより燃えてくる。佐木さんとお料理の計画を練るのが楽しみだ。

「——日和」

話がまとまったところで、泰生がおもむろに私の名前を呼んだ。

「……前にも言ったけど、なにかあったら、ちゃんと俺のこと頼れよ？　『親友』なんだから」

柔らかな口ぶりだけれど、私を見つめる瞳は心配そうに揺れている。

一瞬、泰生に愚痴を吐いてしまおうかとも考えた。最近、忙しさもあって疲れが抜けないこと。ひとりになると無気力になってしまうこと。上手く眠れないこと。

本当は、その原因に気付いている。繁忙期のせいと自己暗示をかけているけれど――悠生くんを失った痛みが、ここにきて再び疼《うず》いているのだ。

これまで当たり前のように日々連絡を取り、顔を合わせて愛情を確かめ合っていた人とのつながりが断ち切れたことで、私の心の糸もぷつりと切れてしまったのかもしれない。

彼がいなくなってそろそろ三ヶ月。最初の一ヶ月がいちばん悲惨で、思い返そうにもあまり記憶がないのだけど、泰生に支えられて復活できたと思っていた。

でも違った。悠生くんがいなくなった寂しさは、ボディーブローのようにじわりじわりと効いてきて、時間が経てば経つほど私の体力と精神力を奪っていく。

泰生が心から私を心配して、元気づけてくれようとしているのがわかる。だからこそ本音を吐露《とろ》したい衝動に駆られたけど、もうひとりの私がストップをかける。

――悠生くんがいなくなって寂しいって。苦しいって。それを泰生に伝えたら、余計に彼を困らせてしまうんじゃないだろうか？

私がつらい思いをしている原因が実の兄であるということに、泰生は罪悪感を覚えている。私に精いっぱい、思いやりの限りを尽くしてくれている彼を、これ以上苦しめるようなことはしたくないし、してはいけないだろう。

「……うん」

私は言いかけた言葉を呑み込んで、うなずくだけに留めた。

——まだ大丈夫。彼には、どうしようもなくつらくなったときに、話を聞いてもらうことにしよう。

「これ、ありがと。そろそろ戻るね」

私は首元のマフラーを取って、泰生に差し出した。ふわふわで肌触りのいい感触は、多分カシミアだろう。

「ああ」

彼はマフラーを受け取り、自身の首に巻き直した。

「じゃあな、営業頑張って」

「うん」

軽く手を上げ、泰生が自宅へと歩き出す。

私は暗がりに消えるその背を見送ってから、そろそろ次の料理の提供を控えているだろう店内に戻った。

◆◇◆

翌週の木曜日。泰生から依頼を受けた、桜井くんの婚約祝いの日がやってきた。今夜は最初の二時間だけ、彼らの貸し切りとなっている。

「日和さん、持ち込みはケーキだけでよかったんですよね？」

「はい」

ディナータイムに入る直前、カウンターでタンブラーを拭いていると、厨房の奥薗さんから確認が入ったのでうなずいた。

「ドルチェの仕込みがないと楽で助かります。ちょっと寂しい気もしますけど」

コースに関する泰生からの要望は、ドルチェを持ち込みのケーキに替えたいというもの。うちの店では、あまり難しい内容でない限りはなるべくお客さまの要望に合わせるようにしていて、お酒やケーキなどの持ち込みに関しては他店に比べてかなり寛容だ。

「——にしても、サプライズでケーキに婚約指輪をセットするなんて、なかなかロマンチックなこと考えるんですね、その桜井さんって方」

ふふっと声を漏らして、奥薗さんが笑う。

「なんでも、きちんとしたプロポーズをしていないことを、婚約者さんにチクチクと責められてるんですって」

それを泰生たち部活の仲間にボヤいたところ、「なら俺たちが婚約祝いの席を設けるから、サプライズしてみたら？」という流れになったそうだ。

「なるほど、気持ちはよくわかります。女はそういう節目節目のイベントにこだわりますものね」

「佐木さんってどんな感じだったんです？」

奥薗さんがカウンターにやってきてやけに熱心にうなずくから、つい訊《き》きたくなってしまった。当の本人は今、仕込みを終えて店外で休憩している。

彼女は眉間に皺《しわ》を寄せた。

「あの人ですか？　プロポーズらしいプロポーズなんてなかったですよ。当時彼が住んでたアパートの更新の時期に、『節約できるなら一緒に暮らすか？』って。ロマンチックさのかけらもない」

「佐木さんっぽいです」

ざっくばらんな彼らしい。私は噴き出して言った。

——だから奥薗さんは、桜井くんの婚約者さんの気持ちがわかるってわけなのか。

「一回なじったことあるんですけど、そしたら『断られるかもと思うと仰々《ぎょうぎょう》しいのは躊躇《ちゅうちょ》するんだ。男は案外デリケートなんだぞ』とか言ってました」

「……そうなんですか」

うなずきつつ、二年前、悠生くんにプロポーズされたときのことが頭を過《よぎ》る。

場所は都心にあるホテルのフレンチ。いつになくかしこまった場だったので、不思議だなとは思っていた。食事が終わったあと、これ以上ないほど真剣な顔で——「結婚してほしい」と言ってくれたのだ。とにかくびっくりして、そのあとじんわりとうれしさがこみ上げたのをよく覚えている。

きっと彼も、一大決心であの夜に臨《のぞ》んだのだろう。あのころの私は、経営者として成長することがすべてだったし、時折感じる彼との考え方の違いについても少し不安を覚えていた。結果、保留という形になってしまったのだけど……それでも悠生くんが「待つよ」と言ってくれたことに、愛情を感じていた。

――もし時間を巻き戻せるなら、あのころに戻りたい。

忙しくても、不安があっても、逃してはいけないタイミングというものがある。あの夜、彼のプロポーズを受け入れていたなら、今ごろこんなひりひりした気持ちでいることはなかったのかもしれない。

「そうそう、日和さん」

「あっ、はい」

ワントーン高い奥薗さんの声に、思考を断ち切られた。

「自家製パン、もう一種類出すって話ありましたよね。チェックしてもらえます?」

「ありがとうございます。楽しみだなぁ」

厨房にある業務用のオーブンのそばから、奥薗さんが天板を抱えて戻ってくる。そこには、焼き上がった楕円形のパンが並べられている。

「おいしそう」

私はカウンターの椅子に腰かけつつ、天板の中を覗いて言った。

うちの店のパンはランチでもディナーでも人気がある。レシピは佐木さんのものだけど、仕込んでくれているのは奥薗さんだ。現状、ほとんど廃棄にはなっていないので、お客さまが望むのならと、試験的に種類を増やしてみることにした。

「今出してるのはハードタイプで塩味が少し強いものなので、反対に柔らかめで甘味のあるものを作ってみました」

言いながら、彼女はパンナイフで一口サイズにカットしたパンを、カウンターの内側にあった小皿に入れる。

「こんばんは」

と、そこへ泰生がやってきた。自身のカバンを持つのとは逆の手に、両手に載るくらいの箱の入った袋を提げて、カウンターに近づいてくる。

「あ、泰生。早いね」

「ケーキの準備があったからな。奥薗さん、今日はよろしくお願いします」

箱の入った袋を軽く掲げて言ったあと、彼が奥薗さんに向かって頭を下げる。

「いらっしゃいませ。ちょうどよかった、よかったら泰生くんも味見して」

「味見？」

「うちで出してるパン、好きだって言ってくれるお客さまが多いから、種類増やしてみようって話になって。品評会」

不思議そうに首を傾げる泰生へ簡単に説明して、となりの椅子に座ってもらうことにする。

カウンターの傍らに箱の入った袋とカバンを預かったあと、小さく切ったパンの入った小皿を手前に置いた。私と泰生でひとつずつ摘んで頬張る。

「うん。おいしいですよ」

「おいしいです。さっそく今夜からこれも提供しましょう」

泰生も私も、口々にうなずいた。ふわふわでほんのりと優しい甘さがあり、今出しているものとの差がきちんと出ているので、問題なさそうだ。

「あぁ、よかったです。試作のつもりが、調子に乗っていっぱい作りすぎちゃったので」

「いっぱい？」

泰生が訊《たず》ねると、奥薗さんは苦笑して厨房の奥にあるオーブンを指し示した。

「あと二段分あって。……でもま、今夜の営業で使って、それでも余ったら明日の日替わりランチをシチューとかスープにしてもらって、使い切れるようにしましょう」

「いいですね」

確かに、この時期だしシチューやスープなどに添えてもらうのはアリだ。佐木さんが戻ってきたらお願いしてみよう。

「日和、冷蔵庫借りていい？」

奥薗さんが天板を持って厨房に移動すると、泰生が袋から箱を取り出して立ち上がった。

「あ、私入れるよ」

お客さまにやってもらうわけにはいかない。慌てて立ち上がると、ぐにゃりと視界が歪《ゆが》み、足元がふらつく。

「――日和？」

咄嗟に泰生が私の腕を支えてくれた。鋭い声音で名前を呼ばれる。

「……ううん、なんでもない。急に立ち上がったから、立ちくらみ」

「……」

泰生の視線が、心配そうに問いかけてくる。焦った私は、少々大げさに笑った。

「やだな、たまたまだよ。元気だから信用してって」

体調は先週から変わらず。むしろ、疲労が蓄積している分、悪化しているのかもしれない。

でも彼の大事な友人のお祝いを前にして、それを認めるわけにはいかなかった。不調は感じつつも、これまで仕事に大きく差し支えたことはなかったという自負もある。

「――中、見てもいい？　指輪がセットできるケーキっていうのが気になる」

私ははぐらかすように箱を示した。

「どうぞ」

泰生はもっと突っ込みたそうだったけれど、私の意思を尊重することにしたのか、不本意そうにしながらもうなずいてくれる。

「わぁ、すごい！」

箱を開けると、ハート型のホールケーキが出てきた。生クリームといちごでかわいらしくデコレーションされたそれは、中央にピンク色のチョコレートで形作られた四角い台座があり、指輪がセットできるようになっている。

「ゼノフーズがやってるパティスリーで、完全受注製作してるヤツなんだ。今ＳＮＳでも情報を流してもらって、じわじわ人気が出てきてる」

「ここに指輪を填《は》めるんだ。これならよろこんでもらえるね」

泰生から聞いた話では、最近ではプロポーズ専用のプロポーズリングなるものが存在するらしい。エンゲージリングの前段階に贈るもので、サプライズをしたいけれど相手の女性が好みそうな指輪のデザインに自信がなかったり、エンゲージリング選びを女性と一緒に楽しみたいときなどに重宝するらしい。今回、桜井くんはそのプロポーズリングを用意しているのだそう。

婚約者さんも、サプライズを期待していたとしても、まさかケーキに指輪が載ってくるとは思うまい。こういう意外な演出を好む女性は多そうだ。

「素敵ですね～。婚約者さんの思い出に残る素敵な日になりますね」

天板を片付けて戻ってきた奥薗さんも、初めて見るであろう指輪専用ケーキに興味津々だ。

桜井くんにも、婚約者さんにも、それを祝福する泰生たちにも。楽しく幸せな時間が訪れたらいい。

……そんな願いに反したアクシデントが起こるなんて――このときの私は、露《つゆ》ほども思っていなかった。


貸し切りの宴《うたげ》は十八時から。集まったのは桜井くんと泰生を含む部活の同期九名と、桜井くんの婚約者である由華《ゆか》さんの計十名。

宴《うたげ》が始まる直前、桜井くんはわざわざ私のもとへ来て、「瀬名さん、今日はよろしくお願いします！」と丁寧に挨拶してくれた。

そういえば桜井くんは、当時から人当たりがよくて感じがよかった。私は彼の婚約を祝福しつつ、「任せてください」と胸を叩いた。

お酒も料理も、ゲストからの評判は上々。高校時代の昔話が始まると、時折私も席に呼ばれたりして、昔を懐かしんだ。

メインディッシュの牛肉のタリアータを出し終え、いよいよサプライズのケーキの準備をするべく、厨房に回る。

「こっちはもう落ち着いたけど、なにか手伝うことはあるかい？」

厨房では、コース料理の調理を終えた佐木さんが手際よく洗い物を済ませていた。最後に作業台を拭きながら、彼が訊《たず》ねる。

「いえ、あとはもうドルチェとコーヒーだけなので。よかったら佐木さん、このあとに備えて裏で休憩してきてください」

佐木さんはこの店の生命線だ。彼に私たちの代わりはできても、私たちに彼の代わりは務まらない。貸し切りが終われば通常営業に切り替わるし、この繁忙期を乗り切るためには、佐木さんには少しでも体力を温存してほしかった。

「そう？　……じゃあお言葉に甘えるかな。少ししたら戻るから」

「はい」

厨房の最奥には勝手口がある。そこを出ると、倉庫兼従業員用のバックスペースのような空間がある。今みたいに不意に空いた時間に休憩してもらえるよう、夏季や冬季は常にエアコンを効かせているから快適だろう。

勝手口から出ていく佐木さんの姿を横目で見つつ、私はエプロンのポケットに忍ばせていた立方体のケースを取り出した。

つい先刻、桜井くんが用意したというプロポーズリングのケースを、泰生伝いに密かに受け取っていたのだ。ケースを開け、まずはプロポーズリングが入っていることを確認する。

指輪の中心には淡いピンクの石が据えられ、『Ｍａｒｒｙ《マリー》 Ｍｅ《ミー》！』というメッセージが書かれたピンクゴールドのプレートの飾りが添えてある。仮のものとはいえ、ずいぶんかわいらしい。

――この指輪を、ケーキの台座にセットすればいいんだ。

ケースをいったん作業台の上に置いて、冷蔵庫の扉を開け、両手で箱を抱えた。作業台に戻ろうと一歩踏み出したところで、また視界がぐにゃりと歪《ゆが》む。

――あ、いけない……

そう思ったときには遅かった。私はその場にくずおれた。

頭の中をぐるぐると掻き混ぜられるような、気持ちの悪い感覚がしばらく続いた。目を閉じ、その感覚が遠のくまでひたすら耐える。

「ごめん日和、チェイサーを人数分もらえるか？」

意識を呼び戻したのは、泰生の声だった。はっと目を開けると、カウンターから彼がこちらを覗き込んでいるのが見えた。

「日和？」

彼は私が座り込んでいるのを認めて慌てて厨房の中に入ってくると、こちらへ駆け寄り、となりにしゃがみ込む。

「しっかりしろよ、大丈夫か？」

「大丈夫、大丈夫だから騒がないで」

至近距離で覗き込んでくる泰生の顔は、ひどく焦っている。

私はどうにか声を絞り出して言った。このあとはサプライズのケーキが控えているし、せっかくの婚約祝いなのだ。私のことで店内の空気を悪くしたくない。

「あ……」

——サプライズのケーキ……！

さっきまで抱えていたケーキの箱がない。周囲を見回すと——箱は私の背後で、逆さまに転がっている。

「た、泰生……どうしよう、私……」

気分の悪さなど、その一瞬で掻き消えた。

箱の中身が無事であるはずがないのは、一目瞭然《りょうぜん》だ。

——どうしよう。私、大切なケーキになんてことを……！

背中がヒヤリとして、ショックのあまり身体が小刻みに震え出す。

「落ち着け、日和」

泰生も私の視線を辿り、ケーキの箱がひっくり返っていることに気付いたようだ。彼も動揺しているだろうに、私の肩にそっと触れて静かにそう囁《ささや》く。

きっと彼は言葉通り、取り乱す私を落ち着けようとしたのだろうけれど――想定外の事態に心を乱した私は、咄嗟に彼の手を振り払ってしまった。

「落ち着いてなんていられないよ……！　だって、せっかくのサプライズが……私のせいでぶち壊しになっちゃう……っ」

代わりを探しに行こうにも、指輪の演出に欠かせないこのケーキは完全受注製作だと聞いたばかり。似たようなものが近隣ですぐに手に入るとは思えない。

もうどうしていいのかわからなかった。主役にとっては一生に一度の大切なプロポーズなのに。

こんな形で台無しにしてしまうなんて――

「いいから、落ち着け」

「――っ」

我を忘れて大きな声を出してしまった私を、泰生が強引に抱き寄せた。逞《たくま》しい彼の胸の感触と、そこから伝わる彼の体温に驚く。いつかマフラーを介して感じたそれよりもずっと熱い。

私は、彼の肩越しに見えるコンクリートの床を視界に映したまま、しばし言葉を忘れた。

「……なあ、さっき奥薗さんが作ったっていうパン、まだゲストの人数分余ってるか？」

少しの沈黙のあと、泰生が私の耳元で訊《たず》ねた。

「……？　ある、けど」

奥薗さんは明日のランチにも回せそうなほど作っていたから、まだ十分余っているはずだ。

……でも、どうして今そんなことを訊《き》くのだろう？

「果物は？　できればいちごとか」

「……うん、それも、ある」

この時期のドルチェには、サンタの帽子に見立ててデコレーションすることが多いから、必ずストックしている。

私が答えると、泰生がホッとしたように小さく息を吐いた。それから。

「なら、もしかしたら、代わりになるものが作れるかもしれない」

「え？」

もしかしたらと言う割には、確信を持っているみたいな言い方だった。

思いがけない言葉の真偽を確かめたくて、私は彼の胸を軽く押してその瞳を見つめた。

「まだ落ち込むのは早い。俺に考えがある」

私を見つめ返す泰生の瞳には、自信が滲んでいる。

「いいか――」

彼は私の耳元に再び唇を寄せると、この不測の事態を乗り切る妙案を切り出した。

泰生のアイデアは見事だった。

彼は私と、そのときホールに出て接客をしていた奥薗さんを呼び寄せると、いちごのマリトッツォを作るように指示した。そう、奥薗さんが大量に作った少し甘めの柔らかいパンに、生クリームといちごを挟み、薄いピンクの粉砂糖と食用の色違いのバラで飾り付けをしたのだ。

続いて泰生は、由華さんのマリトッツォにだけ、プロポーズリングを忍ばせた。

マリトッツォはイタリア生まれのスイーツで、日本でもブームになったことがある。名前の語源はイタリア語で『夫』を意味する『Ｍａｒｉｔｏ《マリート》』で、かつてイタリアでは男性が女性にプロポーズする際、マリトッツォの生クリームの中に婚約指輪を隠してプレゼントした、という説があるのだとか。

泰生は、会社での商品開発において耳にしたその話を思い出して、サプライズに使えると思ったらしい。桜井くんには事前に事情を説明して了承をもらい、いざサプライズ決行。

結婚披露宴のファーストバイトの予習という体《てい》で、桜井くんから由華さんにマリトッツォを食べさせてもらう。すると、生クリームの中から指輪が出てくるわけだ。

結果は――とてもよろこんでもらえた。絶対にありえない場所から指輪が出てきたのだから、由華さんにとってはよほどインパクトが強かったのだろう。感激して、うれしさのあまり泣き出していたくらい。マリトッツォの語源の話を伝えると、よりいっそう感激してくれた。

かくしてサプライズはなんとか成功し、桜井くんも、ほかのゲストのみんなも晴れ晴れとした顔で帰ってくれたので、ホッとひと安心した。

ゲストを見送った直後、気が緩んだのか腰が抜けてしまった私。ケーキを落とす失態をした件もあり、佐木さんと奥薗さんに「今夜はふたりでなんとかなるから、とにかく休んで」と懇願され、帰宅を余儀なくされた。

帰りしな、私の様子がおかしいことに気付いた泰生は、二次会には行かなかったようだ。乗りかかった船とばかりに、店の二階にある私の自宅まで送ってくれた。

二階の自宅は、かつて家族三人で住んでいた実家だ。今は私ひとりになってしまったけれど、子どものころは泰生も悠生くんと一緒に遊びに来たことがある。

「……ごめんね、泰生」

泰生に肩を借りていた私は、自分の部屋のベッドに到着すると、目の前に立つ彼を見上げて開口一番に謝った。

「俺は別に、謝ってほしいわけじゃない」

泰生は店を出てから少しイライラしているみたいだった。原因が自分にあるのは百も承知だから、まずは謝らなければと思ったのだけど、眉を顰《ひそ》めた反応を見るに、余計に彼を不機嫌にしてしまっている気がする。

「……本当にごめんなさい。私はもう大丈夫だから、今からでもみんなと合流して？」

「だから謝ってほしいわけじゃないって」

ぴしゃりと泰生が言い放った。てっきり彼の行動を制限していることが苛立ちにつながっているのだと思ったのだけど、そうではないらしい。

彼は視線を逸らして深く息を吐くと、改めて私の瞳を見据え、再度口を開く。

「――謝ってもらうことがあるとするなら、俺にうそをついてたことだよ。どうしてずっと具合が悪いの、隠してたんだ？　あんなフラフラになるまで我慢して」

「……ごめんなさい」

ただただ謝るよりほかなかった。面目なくて、俯《うつむ》いてつぶやく。

「俺はよっぽど、日和にとって頼りないヤツなんだろうな」

「そ、そんなことないよ」

反射的に顔を上げてかぶりを振った。けれど、泰生は「だってそうだろ」と語気を強める。

「あれほどなにかあったら頼れって言ったのに、愚痴のひとつも言ってこないんだから」

「それは……だって」

――包み隠さずすべてを話したら、遠回しに泰生を責めることになってしまう。彼にはたくさん助けてもらっているし、それは本意じゃない。

……泰生、すごく怒ってる。こんな怖い顔をしている彼を見るのは、悠生くんがいなくなった日の朝以来かもしれない。

誤解とはいえ、恩人であり親友である彼にこんな顔をさせているのは私だ。……本当に、申し訳ない。

「――ごめん、そんなつもりじゃなかった……泰生を怒らせたいわけじゃ……」

頭の中がぐちゃぐちゃで、もう限界だった。さまざまな想いが決壊するかのごとく、目の奥が熱くなった。下瞼《したまぶた》から涙が溢れ、ぽろぽろと頬を伝っていく。

「な、泣くなよ日和。俺だって、本気で怒ってるんじゃないし」

「違うの……私、自分がふがいなくて……」

泣いたらさらに彼を責めてしまうことになる。私は慌てて、手の甲で涙を拭った。

泰生は少し動揺しているみたいだった。まさか私が泣くとは思っていなかったのかもしれない。

当然だろう。婚約者の悠生くんがいなくなったときでさえ、私は泣かなかったのだから。

あのときは冷静さを欠いていたから、心の奥深くにまでは、ことの重大性や悲しみが届いていなかったのだろう。

こうして時が経ち、日常が戻ってからも悠生くんのいない現実と強制的に向き合わされることで、やっと理解できたのだ。それと同時に、気を張っていないと、どうしようもない孤独感や寂しさが私を支配するようになってしまった。

「……夜、仕事が終わってひとりになったら、すごく疲れちゃうの。気力が湧かなくて、なのに眠れなくて。……悠生くんがいなくなってから、ずっと」

思わず、これまで誰にも打ち明けられなかった苦しみを吐露《とろ》したい衝動に駆られた。自分の弱さを見せるのはあまり好きじゃないけれど、そうしないと自分が壊れてしまいそうで。

涙を拭い終え、ギャルソンエプロンの膝の上に載せた両手を、ぎゅっと握って続ける。

「泰生が私をいっぱい励ましてくれたおかげで、元気になれたと思ってたのに……実はそうでもなかったみたい。でもそれを泰生に話したら、また罪悪感を背負わせちゃうことになる。親友にそんなつらい思いさせたくなかった」

「日和……」

泰生の表情が、傷ついたように微かに歪《ゆが》んだ。

――そんな顔をさせたくなかったから、黙っていたはずなのに。結局、余計にいやな気持ちにさせてしまったな。

「こんなことになっちゃうなら、やっぱりちゃんと言うべきだったんだね。……泰生を苦しめてしまう内容だったとしても、私が正直に全部をさらけ出せるの、今は……泰生しかいないから」

そこまで言って、気遣わしげに私を見つめる彼にもう一度頭を下げた。

「ごめんなさい。それにありがとう、泰生。今日は本当に……泰生がいなかったらどうなってたかわからない。今度、ちゃんと桜井くんにも謝らせて？　最初の予定とは違う形のプロポーズになっちゃったから……」

ケーキをダメにしてしまった時点で、代替案を考えるのは私の役目だったのに、情けなくも頭が真っ白になってしまった。泰生がすぐにアイデアを出してくれなかったら……と、想像しただけで恐ろしい。

結果として桜井くんと由華さんがよろこんでくれたのは本当だと思うけれど、それでも当初意図したものとは違っていたのだから、改めて謝罪するべきだ。

――完璧な形で、サプライズしてあげたかったな……。

「私……全然ダメだな。ゲストにも、佐木さんや奥薗さんにも、泰生にも……結局、迷惑かけて。ちゃんとしたかったのに……」

想いに反して空回ってしまい、自己嫌悪だ。奥薗さんにもさんざん「無理はしないで」と言われていたのに、自身の体調を顧《かえり》みず突っ走ってしまったことが今回の失敗の要因だ。あげく戦線離脱してふたりに営業を任せるとは、悪いことをした。

「日和はいつもちゃんとしてるよ」

泰生はラグにそっと膝をつくと、目線を合わせるように私の両肩を優しく掴んだ。

「いつもちゃんとしてるし、頑張ってる。俺は知ってるよ。お店と従業員のことを第一に考えてる日和のこと、偉いと思うし、尊敬してる」

「泰生……」

彼の優しい言葉に、また涙がこぼれそうになる。どうしてこの人は、幼なじみというだけで、こんなにも私の欲しいものを与えてくれるんだろう。

「だからもう、なんでもひとりで背負い込もうとするな。……気持ちだけでも、俺を頼ってくれよ。お願いだから」

語尾に点《とも》る切実な想いに胸がいっぱいになった。泰生は、心の底からそれを望んでくれているのだ。

「……もし、俺が兄貴だったら……もっと日和に寄りかかってもらえるのか？」

こちらを見つめる彼の双眸《そうぼう》が、赤みを帯びて潤んだように感じられた。その刹那、泰生が私の背中に腕を回し、労わるように抱きしめる。

「っ、泰生……っ？」

彼にハグされるのは、先刻に続いて二度目だ。緊急事態だったからそれすら頭から抜けてしまうくらいだったけれど、こうして再び泰生の体温を身体で感じてしまうと、たちまち恥ずかしくなってくる。

「た、泰生、離して――」

「――それでもいい。兄貴の代わりでもいいから、俺を頼ってくれ」

狼狽《ろうばい》と気恥ずかしさで身体を離そうとするけれど、力強い腕にロックされてしまって逃れられない。泰生が懇願するみたいに耳元で言う。

「代わりなんて、そんな……泰生にそこまで迷惑かけられないよ」

確かに悠生くんには愚痴や悩みをこぼすことはあった。でもそれは、彼が私の婚約者で、そうしても許してもらえる関係だと思っていたからだ。

「迷惑なんかじゃなくて、俺がそうしてほしいんだ。……っ、いい加減、気付いてくれよ」

じれったそうにつぶやくと泰生はようやく身体を離して、射貫くような真剣な目で私を見つめる。

「……まだわからない？　日和が好きなんだよ。だから放っておけないし、笑顔でいてほしいと思うんだ」

彼が紡《つむ》いだ言葉に、私はただただ驚くばかりで、なにも言い返すことができなかった。私を見つめる彼の眼差しが、優しげなものに変わる。

「――日和のことが好きだった。学生のころは照れくさかったし、そのうち兄貴と付き合うようになったから言い出せなかったけど……俺は、ずっと日和のことだけ見てた」

「うそ……」

ようやく発することができたのは、率直な感想だった。ほとんど音にもならないその言葉を聞きつけ、泰生が少しだけ笑う。

「こんなこと、冗談で言えないだろ。日和のことだから、気付いてないだろうとは思ったけど。……本当に知らなかったんだな」

私は素直にうなずいた。……本当に、まったく、思ってもみなかった。

――泰生が、私を好き……？　だって私は、悠生くんの婚約者だったのに。

すごくびっくりしたけれど、悠生くんがいなくなってからの日々を思うと、腑に落ちる気もした。

私の様子を頻繁に見に来てくれたり、電話に付き合ってくれたり、外に連れ出してくれたのは、『親友』としてでも、『婚約者の弟』としてでもなく――純粋に、私のことを想ってくれていたからなんだ、と。

「た、泰生、でも私」

「言わなくていい」

泰生が人差し指を私の唇に当て、言いかけた言葉を制する。

「日和の気持ちはわかってる。……まだ兄貴のこと、忘れられるわけないよな。だからそんなにつらいんだろう」

私はまたうなずきを落とした。ふいに気持ちが落ち込むのも、眠れなくなるのも、そばに悠生くんがいないからだ。五年もお付き合いした彼氏を、たった三ヶ月で忘れるなんて不可能だった。

「兄貴ひとすじなのも、不誠実なことを嫌うのも承知の上で、それでも日和を支えたい。兄貴の代わりでいい。気長に待つから——一年先でも、二年先でも、そのうち俺のことを見てくれる可能性が少しでもあるなら、それで十分だから」

唇に添えられていた人差し指がそっと離れ、泰生の瞳がより情熱的に彩られる。

「——日和のそばに、いさせてくれないか？」

「泰生……」

——突然のことで頭が追いつかない。私は必死に思考を働かせる。

「た……泰生の気持ちはうれしいよ。けど……でもそんなの、泰生にとっては苦しいよ……」

それはつまり、私の中にいる悠生くんごと、私を引き受けるということだ。

ほかの男性——しかも自分の兄を想っている女性と一緒にいるなんて、泰生自身がつらくなってしまうだろう。

「兄貴と一緒にいる日和を間近で見てたときのほうがよっぽど苦しかったよ。俺の気持ちは、一生成就することないと思ってたし」

私の懸念に反し、彼はなんでもないように言った。

……そうか。少なくとも学生のころから私を好きでいてくれたということは、この五年、彼はすでにさんざんつらい思いをしてきたということになる。

どう返事をしたものか戸惑っていると、泰生もそれを察したのか、小首を傾げて問うた。

「日和は俺のこと、嫌い？　……少しでも男として見たことない？」

私は首を横に振った。

少し考えただけでも、誕生日に一緒に出かけたときや、お店の前でマフラーを貸してくれたときのことが思い浮かんだ。あのときドキドキしたのは、彼の中に異性を感じたからなのかもしれない、と。私の反応に、ホッとしたように泰生の顔が綻《ほころ》ぶ。

「よかった。『うん』って言われたらさすがにショックだったかも」

「で、でもっ……確信が持てないというかっ……泰生のことはずっと……好きな人の弟で、いちばん仲のいい友達だと思ってたわけだしっ……」

これまで婚約者の弟であり親友として接していた泰生をそんな目で見てはいけないという気持ちもあるし、彼が私だけを見ていたと言ってくれたように、そもそも私は悠生くんのことしか見ていなかったのだから……まだよく、わからない。

「男としてアリかナシかわからないってこと？」

正直にうなずくと、泰生はいたずらっぽく笑った。

「――なら簡単だよ。キスしてみればわかるんじゃない？」

「きっ……!?」

――キス？　今キスって言った？

これまで、お互いの恋愛事情が話題に上ることのなかった間柄だ。そういう、直接的な単語が出てきただけでうろたえてしまう。

「キスしてドキドキすれば、異性として見られるはずだろ」

言葉を詰まらせる私に構わず、泰生の手のひらが私の左側の頬にそっと触れた。

「っ……！」

「試してみてもいい？」

耳にじっとりと響く艶《なま》めかしい音は、私の知らない声だった。心臓が跳ねた次の瞬間、部屋のシーリングライトで翳《かげ》った彼の顔が近づいてくる。

「た、泰生――」

ちょっと待って。そう言いかけた唇を塞ぐように、彼が優しくキスをする。

「んっ……」

鼻腔をくすぐる香水の香りが、彼との距離の近さを物語る。重なった唇は、温かくて柔らかい感触を残して、すぐに遠ざかった。

「――どう？　ドキドキする？」

顔が燃えるように熱い。私は素直にうなずいた。

泰生にキスされて、抗いようもなくドキドキしている。

……私、泰生とキスしちゃったんだ。親友なのに。好きな人の弟なのに。

彼は頬に触れていた手で、私の耳から顎にかけてのラインを愛おしそうに撫でた。まるで、ずっとこうしたかったとでも言うみたいに。

「んっ……」

皮膚の乾いた感触が、くすぐったくも心地いい。微かに漏れた私の声を聞いた泰生の瞳の奥に、衝動的な光が宿る。

「俺も。……すごくドキドキしてきた」

今度は私の顎を指先で支えながら、彼の唇が近づいてくる。一度口づけを交わしてしまったあとでは、拒む理由は存在しないように思われた。

触れ合う唇の感触はやっぱり温かくて、柔らかくて。寂しさや悲しさといった負の感情から守られているみたいな安心感があった。重ねている時間の分だけ、心にかかった雲が晴れていくかのような。

「……っ、日和……」

触れては離し、もう一度触れては離しを繰り返したあと、切なげに眉根を寄せた泰生が、なにかを乞うように名前を呼んだ。

「こんなときにいけないって思うけど、でも止められない……ずっと日和が欲しいと思ってたから」

泰生はまるで自身の衝動を抑え込むみたいに、きつく目を閉じたり、ハッと短く息を吐いたりしたけれど、やがて劣情を孕《はら》んだ瞳で私を見つめる。

「いやならはっきり突っぱねてくれ。じゃないと……このまま求めてしまいそうだ」

私もいい大人だから、それの意味するところがわからないわけじゃない。

「………」

——本当にいいの？　このまま、泰生を受け入れても。

脳裏に悠生くんの顔が浮かんだ。ふとした瞬間に思い出してしまう、大好きだった人。彼が私ではない別の女性を選んだのだと知ってからも、すぐに気持ちが切り替えられるはずもない。

勢いのままに泰生に身体を許すのはよくないと叫ぶ自分がいる一方で、この人だからこそ甘えたい、すべてを委《ゆだ》ね心の空洞を埋めたい、と思う自分もいた。

私の知らないところでずっと私を想い、支えてくれた泰生にならーー
「泰生……私は、大丈夫」

葛藤しつつも、私は彼を受け入れる決心をした。

ゆっくりと、でも確かにうなずくと、泰生は信じられないとばかりに目を瞠《みは》った。

「……本当に？」

もう一度うなずくと、覆い被さった彼が私の上体を押し倒し、またキスをする。今度は深く舌を差し入れられ、緊張で縮こまった私のそれを掬《すく》ってくる。

粘膜同士が触れ合い、擦《こす》れ合う感覚は、麻薬のように私の思考を痺《しび》れさせていく。じわじわと甘やかな刺激に支配されながら、私は泰生の首元に腕を回した。

「はぁ、っ……泰、生っ……」

「日和ーー」

ギャルソンエプロンをはぎ取られ、その下の白いブラウスをはだけさせられると、これから始まることに対する期待と少しの罪悪感が高まっていく。

ブラウスを脱がせた泰生が私の胸の覆いに手を伸ばし、やわやわと揉《も》みしだく。

仕事中は女性である自分をあまり強調したくないので、胸が目立たないようするためと、動きやすさを追及するため、スポーツブラを身に着けるようにしていた。まさかこんな展開になるとは思っていなかったとはいえ、あまりに色気のないチョイスだ。ちょっと申し訳ないと思いつつも、泰生のほうはあまり気にしていない様子なのが救われる。

スーツの上着を脱ぎ、ネクタイを解いた彼が、興奮を帯びた眼差しで私を見つめている。それは私のよく知る彼のようで、まったく知らない人のようでもあった。

泰生が大人の男性であるのは十分に理解していたはずなのに違和感が拭えないのは、私が彼を『親友』という括《くく》りで見ていたことももちろんだけど——これまで彼が私に対して、男女を意識させる素振《そぶ》りを極力見せてこなかったからなのだろう。

「こっち見て。……もっとキスさせて」

「んんっ……！」

積年の想いをぶつけるかのごとく、泰生は飽きずに私の唇を求めてくる。この短い時間で幾度奪われ、愛でられたか覚えていないくらいだ。

彼の強い愛情に圧倒されつつも、求められるのはいやじゃなかった。というより、うれしかった。心の奥底に広がる空虚を泰生の温もりで埋めてもらえる心地よさがあったし、信頼を寄せている相手だから、安心して身を委《ゆだ》ねることができる。

「軽蔑されるかもしれないけど……ずっと、こんな日が来るのを期待してた」

キスの合間、上体を起こした彼が私を見下ろしながら言った。

「日和のとなりにいるのが、兄貴じゃなくて俺ならどんなにいいかって……」

泰生はそこまで言ってから、はっとなにかに気付いたように小さくかぶりを振った。

「――でも誤解するなよ。兄貴がいなくなったこと、手放しでよろこんでるわけじゃない。……日和が幸せじゃないと意味ないんだ。兄貴と一緒にいて日和が幸せなら、俺はそれでも祝福できた。いやだけど、苦しいけど……兄貴との結婚を日和が心から望んでるなら、応援しようって」

「泰生……」

彼の想いに、左胸が優しく締め付けられる心地がした。

私の幸せのために、身を引いてくれていたというのだろうか。……私が悠生くんと、付き合っていたから。

「でもこうなったら話は別だ。日和を傷つけた兄貴を許すつもりはないし、仮に気が変わって戻ってくるようなことがあっても……今度は絶対に譲らない」

泰生は不敵に笑むと、私と額をこつんと合わせた。

「日和にも、時間をかけて俺のこと絶対好きになってもらうから、覚悟して」

「……すごい自信」

――まるで、必ずそうなると言いたげな、確信的な口調。ときめいてしまったのを悟られないように、私は軽口を叩いてみせる。

「当たり前だろ。俺がモテるの、知ってるくせに」

泰生はおかしそうに声を立てて笑った。

「そんな俺にずっと愛され続けてる女だってこと、自覚してもらわないと」

「ず、ずっとって言うけど……泰生は、いつから私のこと……？」

実はさっきから気になっていた。私と彼の付き合いはもう二十年近くにもなる。一体彼は、どれくらい前から私を想ってくれていたのだろう？

私が訊《たず》ねると、泰生は決まり悪そうに一瞬、視線を逸らした。

「……引かないって約束できるか？」

「え、そんな引くような答えなの？　そう言われると余計に気になるんだけど」

「…………」

彼は私の返事には反応しなかった。その代わり、ほんの少しだけ迷う素振《そぶ》りを見せてから、諦めたように口を開く。

「……物心ついたときからずっとだよ。俺の初恋は日和で、それをずっとこじらせてる状態なわけ」

「ほ、本当？」

物心ついたとき——つまり、関係ができてからずっと、ということだ。これにはさすがに、声が裏返ってしまった。

「——だって……泰生の周りにはいつもかわいい子がたくさんいたし」

ちょっと悔しそうな目で睨まれてしまったので、咄嗟に弁明する。

「確かにな。美人でかわいいだけの女の子はいくらでもいた。……でも、近所に住んでる幼なじみで、男友達みたいになんでも話せてくだらないことで笑える子が、俺の目にはいちばんかわいく映ったんだよ。それは今も変わらない。……日和のことな」

改めて真面目に想いを伝えられると、やっぱりうれしいと思ってしまう。

——悠生くんのほかにも、こんなに近い距離で、私のことを大事に見守ってくれている人がいたなんて……

「ま、そっちは俺の気持ちになんて気付かず、兄貴に告白されて舞い上がって、すぐ付き合い出したみたいだけど」

「し、仕方ないじゃないっ。……私、男の人と付き合ったことなかったから憧れもあったし、悠生くんは穏やかで優しくて……彼氏になってくれたら大切にしてくれそうだなって思ったからっ」

照れ隠しなのか、泰生がチクリと嫌味を言ってきたので反論するけれど、同時に痛いところを突かれたとも思った。

泰生も悠生くんも、私にとっては大切な幼なじみであり、家族みたいに親しい関係だったけれど、悠生くんとは少しだけ年齢が離れていた分、ほどよい距離感があったし、優しく落ち着いた所作が大人っぽく見えていたのだ。

そんな彼から大学三年の誕生日に思いがけず食事に誘われて、突然告白されて——泰生の言う通り、舞い上がってしまったのは否めない。

「そういう言い方をするってことは、付き合うまでは兄貴のこと好きじゃなかったのか？」

「……お、幼なじみとしては好きだったけど、異性に対する好きっていうのが、そのときは正直よくわからなくて……」

あのころは恋に恋していたところがあった。周りの仲のいい友達が彼氏を作り始めて、私にもそういう人がいたらと思い始めていたころに、父の死が重なって――精神的に疲弊した私を癒してくれた悠生くんに、気持ちが傾いたのだ。

もちろん、その後彼との信頼関係と愛情を育《はぐく》むことができたと自負しているから、決していい加減な気持ちでのお付き合いではなかったということは、はっきり言い切れる。

「……マジかよ」

ところが、泰生は私の答えを聞いて、少なからずショックを受けているようだった。

「……ならあのとき、譲るんじゃなかった」

「え？」

そして、聞き取れないくらいの微かな声でそうつぶやく。

……譲るって、なにを？　そういえば、さっきもそんなことを言っていたような……

「いや、なんでもない――」

「泰生？」

意味がわからずに訊《き》き返すけれど、彼はこの話は終わりとばかりに、私の唇を攫《さら》った。敏感な粘膜を蹂躙《じゅうりん》され、意識が目の前の快楽のみに注がれる。

「……いいから、集中して。今だけは、兄貴のことは忘れて――俺のことだけ考えて」

「ん、ふ……ぅ、んんっ……」

口腔内を舌が這い回る激しいキスをしながら、彼の手が再び胸元に降りる。締め付けの少なく、肌触りのいい黒い布地のスポーツブラ越しに、柔らかな脂肪の感触を楽しむみたいに、膨らみを捏《こ》ねる。

布地越しに彼の指先が触れるのがくすぐったい。それに、ごく限られた人しか触れたことのない場所に彼が触れている事実が、私の身体の中心に淫靡《いんび》な炎を点《とも》した。

「その声、ぞくぞくする……もっと聞きたい」

「ふぁ……だめ、恥ずかしいっ……」

膨らみを包み込み、円を描くようにゆるゆると撫でさする彼の手のひら。私は羞恥に耐え切れずに、その手を掴んでしまった。

「恥ずかしがってるのかわいいよ。新鮮で」

「っ……！」

そんな、かわいいとか——普段の泰生が言わなそうなことを何回も言われると……うれしさと恥ずかしさで、思考停止しちゃう……

「だけど見せて。俺の知らない日和を、もっと知りたい」

「あっ——」

泰生は私の手をやんわりと払いのけると、膨らみを覆う布を素早くたくし上げた。すると、ブラの中に収まっていた膨らみがふるりとまろび出る。

「……意外と着やせするんだな」

泰生は露《あらわ》になった胸元を見下ろしながら、そう言って微かに笑った。

胸が揺れないように設計されているため、必然的に小さく見えるのがスポーツブラだ。彼がそんな風に感じるのも仕方がないのだけど――

「え、えっち。そういう言い方しないでっ……」

――まるで普段から私の胸の大きさを気にしてるみたいじゃない。

「事実を言ったまでだろ」

「女の人の胸のサイズ、チェックしてるわけ？」

「あのな、『女の人の』じゃない。『日和の』だけだから。人を痴漢みたいに言うな」

人聞きが悪いとばかりに言い返したあと、彼は覆いのない膨らみに優しく触れた。

「――すごく、きれいだ」

「んっ……」

泰生の長くて温かい指先が、胸の飾りに直に触れる。淡い閃光のような刺激に、思わず吐息交じりの声がこぼれた。

「気持ちいい？」

「んっ……ぁあ……」

指の腹で、手のひらで。ピンク色の飾りを丁寧に刺激されるうちに、先端が硬くしこってくる。

彼もそれに気付いていながら、繰り返し甘美な快感を送り込んでくる。

——やだ、私が気持ちいいの……泰生にしっかり伝わってしまう……！

こんなに容易《たやす》く反応していると知られるのは恥ずかしい。頭の中が羞恥で沸騰しそうだ。

絶えず胸の先で弾ける悦《よろこ》びに身を捩《よじ》ったとき、スカート越しの太股に、熱い塊が触れた。

「っ……あっ、あの……泰生っ……」

——この当たってるのって、もしかして、泰生の……？

接触しているのは彼の下腹部なのだから、訊《たず》ねるまでもないのだけれど、つい言葉にして確かめてしまう。

生理的な現象なのはわかってる。でも、私の身体に触れてこんな風になっているんだと思うと、彼が私を異性として意識している事実を別の角度から証明された気がして——また、無性に恥ずかしくなった。

「仕方ないだろ。ずっと好きだった女の身体触ってたら、誰だってこうなる」

彼自身も早々に反応していることが気恥ずかしいのか、言い方はどこか投げやりだ。

ちょっと不機嫌になった彼は、指先で私の胸の先を摘むと、擦《す》り合せるようにして刺激を加えた。

「ひ、ぅっ……！」

途端に、今までよりも一段高い快感が迸《ほとばし》る。

「その気になってくれてうれしいよ。……もっと頭空っぽにして。日和はただ、感じてるだけでいいから」

「んっ、ぁあっ……」

ぷっくりと自己主張する頂を転がしながら、彼が私の耳元に唇を寄せる。彼の興奮した熱い吐息が左耳にかかって、下肢がきゅんと疼《うず》いた。

「ぁんっ――！」

その直後、耳垂《じすい》を優しく食《は》まれた。ふにふにと感触を楽しんだあと、舌がぺろりと縁《ふち》を舐める。今まで経験したことのない悦《よろこ》びに、意図せず鼻にかかった高い声が漏れてしまう。それを聞きつけた泰生がさらなる反応を引き出そうと、耳垂《じすい》に吸い付いた。

「み、耳、それっ――やぁ……！」

「ん……？　これ、気持ちよくない？」

ちゅっ、ちゅっと艶《なま》めかしい音を立てながら耳垂《じすい》に吸い付き、舐め上げる。濡れた彼の舌が、唇が耳に触れるたびに、頭の奥がとろけそうな悦楽に支配される。

「やぁっ――ぞくぞくして、なにも……考えられないぃ……っ」

「そうなるようにしてるんだから、いいんだよ」

私が音《ね》を上げると、愛撫の途中で泰生が小さく笑って囁《ささや》いた。その呼気でさえ、私の官能を揺さぶってくる。

耳垂《じすい》だけでは満足せず、泰生は耳輪《じりん》や窪《くぼ》みの部分などにも凹凸《おうとつ》を埋めるみたいに舌を這わせた。そのたびに未知の甘い刺激に酔わされ、猫のような媚びた声がこぼれてしまう。

「耳が弱いんだ、日和は」

「し、知らなっ……」

快感に責め立てられつつ、合間に聞こえる泰生の問いかけに、私はやっとのことで答えた。

——こんなの知らない。耳を愛撫されるのが、こんなに気持ちいいなんて。

「泣きそうになるほど気持ちいい？　そういう顔されると、いじめたくなってくる」

「んんっ……！」

いつの間にか両の眦《まなじり》には涙が溜まっていた。私の顔を少しいじわるな顔で眺める彼が、今度は逆側の耳元に顔を埋めた。

耳のあらゆる場所を唇と舌で愛でられ、吸い付き、ときには歯を立てられる。いやらしい音とともに湧き出る抑え切れない欲望に、私の理性は確実に奪われていく。

「あぁっ——それ以上はだめぇっ……泰生っ……お願い……っ！」

このまま耳だけでどうにかなってしまいそうで怖くなった。悲鳴のような声を上げると、彼はようやく愛撫を中断してくれた。

「……もっと啼《な》かせたい気もするけど……そんなにかわいい声でお願いされたら、聞かないわけにもいかないか」

「っ、はぁっ……はぁっ……」

指先で口元を拭いながら胸を大きく上下させる私を、じっと見下ろしている泰生。

今の彼は、間違いなく男性の——雄の顔をしていた。私に欲情している顔。もっと私に触れたいという、愛情と劣情に満ちた顔。

泰生は私の額にひとつキスを落とすと、私のスカートのジッパーを下ろし、取り去ってしまう。

彼の目の前には、ブラとお揃いの、色気のないショーツだけが晒《さら》されている。

私の両脚を開かせて、黒地の薄布が覆う恥丘をするりと撫でた泰生が、その中心を優しく抉《えぐ》るように突いた。

「やぁあっ……」

より秘められた場所に触れられ、びくんと身体が震える。

そこはすでに快楽を覚えた証によって濡れそぼっていて、泰生が軽く指の先を動かしただけで、くち、と水気を含んだ音が聞こえる。

「耳舐められてるだけでこんなになったの？」

「い、言わないでっ……」

ショーツ越しに秘裂に沿ってゆっくりと上下に往復しながら、泰生が薄く笑んで顔を覗き込んでくる。

どんな風に答えればいいかわからなくて、私は両手で顔を覆って小さくかぶりを振った。

「認めろよ。さっきも言ったけど、気持ちよくなってくれるほうがうれしい」

「んんっ……！」

泰生は、邪魔だとばかりにその両手を取り払い、私の頭上でまとめてしまう。

それからまた淫靡《いんび》な蜜を吐き出す下腹部を丁寧に愛撫する。下着の生地越しの刺激がもどかしくて、気持ちよくて。勝手に腰が動いてしまう。

「すごいな……もうこんなに濡れて」

感心した風に彼が言う。両脚の中心をくすぐられるたび、身体の奥からとろりとしたものが溢れてくるのが自分でもわかる。

「た……泰生のせいだよっ……！」

「そうだな、俺のせいだよな」

ただ身体に触れられているだけなのに、ここまで反応してしまったのは初めてかもしれない。恨み言を言うと、彼はなぜか満足そうに笑った。

「だから責任取って、最後まで気持ちよくするから」

「あっ、あ――！」

ショーツを脱がされると、外気に晒《さら》された秘部が冷たく感じた。彼の視線が下肢に注がれているのが、たまらなく恥ずかしい。

「ナカもとろとろ……これならすぐに挿入《はい》りそう――」

「ぁんっ……！」

刺激にわななく剥《む》き出しの秘部に直に触れられる。指の腹で秘裂を撫で上げ、十分に潤いをまとっていることを確認すると、泰生は蜜を絡ませた指の先を慎重に奥へと突き入れた。

「っ……！」

つぷり、と音を立て、泰生の長い指が侵入してくる。

悠生くんではない人の身体の一部を受け入れるのは初めてで、無意識に身体が強張る。悠生くんとはまだきちんとお別れをしていないから、彼を裏切っているような気になって、罪悪感が過《よぎ》った。

「……平気？　痛くない？」

「ん……大丈夫っ……」

泰生も指先から少なからず抵抗を感じたのかもしれない。優しく気遣ってくれる彼にうなずきをひとつ落とした。

泰生は安心させるように私の前髪を撫でながら、幾度も触れるだけのキスをする。

彼の体温を感じるたびに、身体の緊張が解けていく感じがした。泰生にもそれが伝わったようで、ナカを這う指が二本に増える。

「ぁ、うぅっ……！」

質量が倍になると、存在感も倍になる。圧迫感を覚えて、私はわずかに呻《うめ》いた。

「熱くて……俺の指、締め付けてくる……」

泰生が湿り気を帯びた声で言った。揃えた指を曲げて、なにかを探るように挿《い》れたり、出したりする。

「あっ——！」

ある一点を擦《こす》られると、むずがゆいような、切ないような強烈な感覚が弾けた。私が鋭く反応すると、泰生はわざとその場所に狙いを定め、刺激を与えてくる。

「たいせ——だ、だめぇっ……！」

「ここが日和のイイところ？」

「ち、が……っ！」

いいところかどうかなんてわからないけれど、そこに触れられると眩《まばゆ》い悦楽に貫かれ、じっとしていられなくなる。私はいやいやをするように激しく首を横に振った。

「なんで。ここ擦《こす》られて、腰が跳ねてるのに？」

「んんんっ……！」

私が深い快感を覚えていることは、泰生にはお見通しみたいだった。彼が指摘する通り、そこを撫でられるたびに腰がびくびくと跳ねてしまう。それでも私は、認めるのが恥ずかしくて首を横に振り続けた。

「素直じゃないな。なら、一緒に違うとこも触ってやろうか――？」

ナカを擦《こす》りながら、泰生は親指で秘裂の中に埋まっていた秘芽を露出させ、その小さな粒を転がし始める。

「泰生、やぁっ――おかしくなっちゃ……っ、あ、あっ……！」

もっとも敏感な性感帯をダイレクトに刺激されると、目の前がチカチカするみたいな鮮烈な享楽が襲ってくる。

――全然違う快感に同時に責められて……私、本当に変になっちゃう……っ！

「怖い……っ、きもち、い、けどっ……こ、怖いよぉっ……！」

自分を保っていられる自信がなかった。泰生の指先に翻弄《ほんろう》され、我を忘れ――知らない世界に連れていかれそうになるのが、たまらなく怖い。

「大丈夫。大丈夫だから。いっぱい感じて、気持ちよくなろう？」

「ふぁ、ああっ、あっ――――！」

泰生がなにを言っているのか、頭にはあまり入ってこなかったけれど、いつになく優しい声なのが印象的だった。彼の愛撫の手は止まらず、私の快感のメーターはあっという間に振り切れる。

「も、だめ、あっ、やぁ――――ぁあああああっ……‼」

身体の内側に蓄積されていた快楽が飽和した次の瞬間、私は濁流のような絶頂感に呑み込まれ、達してしまった。

――なに？　今、なにが起こったの……？

「日和……」

身体から泰生の指が引き抜かれても、呼吸を整えるまで少しの時間を要した。

私が幾分落ち着きを取り戻したのを見計らい、彼が労わるように私の頭を撫でる。

――優しくて心地いい。……なんだか、安心する。

「かわいかったよ。……すごくドキドキした」

泰生が慈愛に満ちた瞳で私を見つめる。彼の整った二重の目を見つめ返しながら、つくづく不思議だな、と思う。

……私、ついさっきまで幼なじみで親友だったこの人と――婚約者だった人の弟と、いやらしいことをしてしまっているんだ。そしてきっと、この先も――

「……ごめん。なんとなく気付いてるかもしれないけど、私……悠生くんとしか経験なくて……」

絶頂の気怠《けだる》さが遠のいたころ。泰生の手によって一糸まとわぬ姿になった私は、ベッドに座って自身の身体を隠すように抱きしめつつ、先に正直に打ち明けておくことにした。

私がお付き合いをしたのは、これまで悠生くんただひとりだ。男性経験もしかり。

経験といっても、私も悠生くんも、一緒にいる時間の優先順位は出かけたり食事を楽しむことのほうが高かったから、一般的なカップルよりも淡白だったのだと思う。

泰生には取り巻きもいたし、女の子慣れしている感じがするから……そういう意味では、ガッカリさせてしまうのでは、と思ったのだ。

「じゃ訊《き》くけど、好きなヤツが経験豊富って聞いてよろこべるか?」

そんな私に、泰生が呆れた風に訊《たず》ねてくる。

「あ……」

「そういうこと。むしろ俺は、今ホッとしてる」

暗にそのほうがいいと示されて、私も少し安心した。

ワイシャツとスラックスを脱いだ泰生の体躯《たいく》は、細身だけれど引き締まっていて、意外なほどに筋肉質だった。男性的な魅力ある体つきに、目が釘付けになる。

そういえば彼は学生時代ずっと運動部に入っていたし、社会人になってからも気の合う仲間とバスケを楽しんでいると聞いた。……鍛えられていてもおかしくはないか。

「……兄貴だけっていうのが、悔しくはあるけどな」

ベッドの上で私を抱き寄せた泰生がぼそりとつぶやく。でもすぐに、小さく息を吐いて続けた。

「――いや。今は兄貴のことは忘れる約束だったか」

彼にとっても実の兄なわけだから、この状況に対して複雑な思いはあるのだろう。意識的に頭から追い払おうとしているのがわかる。

「日和、好きだ」

私をベッドに横たわらせて、さっきそうしたように泰生が覆いかぶさってくる。そして、熱っぽくそう伝えてくれながら、またキスをした。今日だけで、私と彼は一体何回唇を重ねたのだろうか。

「泰生……」

柔らかく甘やかな感覚に酔いしれながら、私を一途に想い続けてくれている人の名前を呼んだ。

「これからは日和のこと、俺が守るから。もちろん、日和が許してくれたらだけど……」

こんなに心強い台詞《せりふ》はなかった。

泰生は、私の中の悠生くんごと愛してくれると言った。まだ心に居座る彼の残像ごと、受け入れてくれると。

私のほうこそ、泰生が許してくれるのであれば甘えたい。……そばにいてほしい、と思う。

うなずくと、泰生が私を抱く腕の力が少し強くなった。それから。

「日和が欲しい……いい？」

私はもう一度うなずいた。いっそ悠生くんを忘れさせてくれたら、と思う。

泰生のことしか考えられないくらい、彼で満たしてほしい。

額に、こめかみにキスを落としてから、泰生は身に着けていたボクサーショーツを脱いだ。すると、熱い楔《くさび》が弾けるように飛び出てくる。

――うそ、大きい。

乏しい経験値ゆえに比較はできないけれど、私が想像していたよりもずっと強靭《きょうじん》そうで逞《たくま》しく見えるそれに、思わず固まってしまった。

「痛かったらごめんな。ゆっくりするから――」

泰生自身も自覚があるらしい。手早く避妊具を装着すると、申し訳なさそうに断りを入れ、私の両脚を抱えた。そして、まだ絶頂の名残を引きずったままの潤んだ入り口に屹立《きつりつ》を宛がう。

――すごい。先っぽ、太くて硬い……。それに熱くて……

本当にこれが挿入《はい》るのだろうか、とちょっと不安になる質量だ。切っ先を粘膜に何度も押し当て、蜜をまとわせてから、時間をかけて剛直が押し入ってくる。

「んんんっ……！」

指なんかとは比較にならない圧迫感だ。なるべく身体の力を抜いて、生じるであろう痛みを逃がそうと両脚を開くように努める。

「日和……平気……？」

半分ほどを呑み込むと、泰生が囁《ささや》くように訊《たず》ねる。

「……お腹、広げられてるけど……痛いっていうより、いっぱいになってる感じっ……」

事前にほぐされたおかげか、痛みはそれほど感じなかった。それよりも、入り口とナカを広げられている感覚のほうが強い。

「もう少しだからっ……」

「ひ、うっ……！」

ぐぐっと腰を押し付けられ、よりお腹の奥が押し広げられる。圧迫感が強まり、なんとなく苦しい。

「――俺、やっと日和とひとつになれたんだ……」

接合部の距離が限りなくゼロになる。すると、泰生が心底うれしそうに言った。

――あんなに逞《たくま》しいものが、全部私のナカに挿入《はい》ったなんて……

羞恥心からその場所に直接目をやることはできないけれど、とても不思議な感じがする。

「っ……そろそろ、動いてもいい？」

しばらく私の身体を抱きしめたまま質量に慣らそうとしてくれていたようだけど、泰生のほうも我慢がつらくなってきたのか、切なげにそう訊《たず》ねてくる。

痛みはかなり薄れたので、多分大丈夫だろう。私がうなずくと、泰生がゆっくりと動き始めた。

「っ、ぁ、んはぁっ……！」

その大きさゆえに、出したり挿《い》れたりするだけでも、お腹の中身を持っていかれそうだ。いっぱいに広げられた内壁を、天を衝《つ》くほどに反り上がった剛直に擦《こす》られると、思考能力を奪われる。

「あっ、泰生――もっと、ゆっくりぃ……っ」

律動するうちに快楽を追求したくなったのだろう。最初は慎重だった所作が、往復するごとに大胆になっていく。

「ごめん……情けないけど、全然余裕ないっ……」

泰生はなにかに耐えるみたいに奥歯を噛みながら、私のナカを穿《うが》ち続ける。

「やっと日和を抱けたと思ったら、制御利かなくてっ……！」

これまで余裕を保ってリードし続けてくれた泰生が、衝動に抗えず私の身体を貪《むさぼ》る様子はひどくエロティックで、情欲を掻き立てられる。

「はぁっ、ああっ……！」

ぱちゅん、ぱちゅんと肌を打つ音が。ぐぷ、ぐぷと入り口を穿《うが》つ水気を帯びた音が――交じり合い、重なり合っていやらしい。

お腹の中をいっぱい責められるたびに勝手に声が出てしまう。こんな風に、自分の身体がコントロールできなくなるなんて思ってもみなかった。

――知らなかった。セックスって、こんなにすごいものだったの……？

「好きだ、日和……ずっとこうしたかった……身も心も、ひとつになりたかったんだ――」

息を乱す泰生が瞳を潤ませながら訴える。

……そうか。私にとっては突然でも、泰生にとってはずっと待ち続けていた瞬間なのだ。この猛々《たけだけ》しさは、長年の想いが乗っているからなのだろう。

想い続けた時間の分だけ、思いっきり、私を愛してくれているのだ。

「泰生っ……泰生っ……！」

そう思ったら急に愛しさがこみ上げてきて、身体の中心でつながっているにもかかわらず、もっと泰生と触れ合いたい衝動に駆られた。

「お願い、キスして……」

激しく揺さぶられながら、彼に口づけを乞う。今夜何度も唇を重ねたけど、私から求めたのはこれが初めてだ。

――今、私を求めてくれるこの人とキスしたい。そんな願望が不意に湧き上がったのだ。

「んんっ……うぅ、む……ぅんっ……！」

泰生は、奪うような強引なキスで応えてくれた。

彼の熱い舌が唇の間を割り入ってくる。ちろちろと先でくすぐられるのも、歯列をなぞられるのも、とにかく気持ちよかった。

「ぁ、はぁっ――それやぁっ……！」

長いキスのあと、泰生は激しい律動を続けながら、秘芽を摘み上げた。びりびりとした電気のような刺激が下肢に突き刺さる。

「まだナカ苦しいだろ？　せめてこっちで、気持ちよくしてあげたい」

蜜の滴《したた》る指先で転がされると、否応《いやおう》なく身体は高みに向かって駆け出してしまう。私は声を嗄《か》らして叫んだ。

「だめぇっ……そこいじられたら、またっ……！」

「いいよ、イッて。俺ももう……保たないから……一緒にイこう……っ！」

赤く腫れた敏感な粒をきゅっと擦《こす》られ、頭の中が真っ白になる。

「泰生っ、たい、せー……あんっ、もう――」

目の前が白んでいく。と同時に、身体の奥深くに彼を受け入れている感覚だけがすべてになって――息も止まってしまいそうなほどの強烈な悦《よろこ》びで、全身に緊張が走る。

「日和……っ、くっ……！」

泰生が腰を強く押し付け、動きを止めた。ナカで触れ合う場所がじわりと熱くなり、彼が果てたのがわかった。それを合図に、私もまた上り詰める。

「んんんんんっ……！」

「……大好きだ、日和……」

汗ばんだ泰生の身体が圧《の》しかかってくる。ちょっと苦しいけれど、湿った肌の感触や体温が心地よくて、とても安心してしまう。

私は目を閉じて、彼の囁《ささや》きを聞いていた。

――泰生、うれしい。

突然やってきたまどろみの中、そう言葉にしたかったけれど、叶わなかったかもしれない。

そのまま私は、朝日が昇る直前まで彼の腕の中で眠り込んでしまったのだった。

3

誰かの温もりに包まれて目覚めるのは久しぶりだった。

「……？」

――温かい。私、昨日どうしたんだっけ……？

意識と無意識を揺蕩《たゆた》いながら、薄く目を開ける。すると――

「たっ……!?」

――泰生……!?　えっ、一緒に寝てる……!?

混乱して大きな声が出た。図らずも彼を起こしてしまったようで、向かい合う体勢で眠っていた彼も目を開けた。何度か瞬きをしたあと、不明瞭な声で私の名前を呼ぶ。

「……日和？　おはよう」

穏やかな優しい声で挨拶されると、昨夜の出来事が瞬時に思い出された。

「お……おはようっ……」

私はどぎまぎしながら挨拶を返した。

……そうだ。私、泰生に告白されて、そのまま……

部屋の暖房はつけっぱなしなのに、妙にスースーする。恐る恐る衣服を確認してみると……やっぱり、なにも着ていない。途端に、顔が熱くなる。

「なに照れてんだよ」

胸元を凝視したまま硬直する私を見て、泰生がおかしそうに笑う。

「そ、そりゃ照れるよっ。……ごめん、私あのまま……寝ちゃったんだ」

身体を隠したところで今さらかと思いつつも、堂々ともしていられない。

記憶が途切れる直前の光景が頭を過《よぎ》った。ことが終わってすぐ力尽きてしまうとは、自分勝手すぎる。

「気ぃ張って疲れてたんだろ。そんなときに、悪かったな」

泰生は責めることもなく、私の頭をそっと撫でた。

彼も私と同じくなにも身に着けておらず、筋肉がバランスよくついた腕や胸が露《あらわ》になっている。

「う……ううんっ」

――昨夜、この腕や胸に抱かれたなんて……信じられない。

「……ってか、日和がそんなだと、俺も恥ずかしくなってくる」

意識しているのが丸わかりなのだろう。泰生はちょっと困ったように額を掻いた。それから、表情を引き締めて訊《たず》ねる。

「――後悔してる?」

核心を突かれてドキリとした。けれど。

「……してない」

「本当に？」

私はきっぱり「うん」と答えた。

これが正しいことだとは思わない。悠生くんがいなくなってもう三ヶ月。でも、まだ三ヶ月だ。気持ちの切り替えが済んでいないのに、ずっと好意を寄せてくれた人に気付いたからといって、その人に傾くなんて——利用しているみたいでいやだという気持ちも、もちろんある。

それでも誓って言えるのは、相手が泰生じゃなければ、同じ選択はしなかっただろうということ。私もずっと燻《くすぶ》ったままではいられないし、普通の友達とは違う彼だから、歩み寄ってみたいと思ったのだ。

「ならいい」

泰生が私の頬にキスする。そして、安心した風に顔を綻《ほころ》ばせた。

「——俺には、すごく幸せな時間だったから」

「た、泰生……」

——そんな、宝物を見つめるような優しくて情熱的な目。今まで、したことなかったくせに。

異性としての彼に触れたせいか、なんだか……これまでの泰生とは違って見えてしまう。

見た目がカッコいいことや、優しくて頼れるのは当然知っていたけど……こんなに素敵な人だったっけ……？

「……ずるいよ、そんな、急なキャラ変っ……」

「キャラ変か。確かにそうかも」

まっすぐ彼の顔を見るのが恥ずかしい。視線を逸らしてなじると、昨日まで幼なじみだったはずの男が声を立てて笑う。

ひとしきり笑うと、泰生は私の頬をするりと撫でた。下瞼《したまぶた》のほくろのすぐ上、存在感のある黒い瞳に、私の顔が映っている。

「――でもこれからは、日和に思ってること、言いたいこと……ちゃんと伝えるから、そのつもりでいて」

「……わ、わかった」

……そっか。私たちはもう、『幼なじみ』でも、『親友』でもないんだ。

泰生にとっても、『兄の彼女』ではなくなったわけだし――関係性が変われば、今までと接し方が変わるのはごく自然なことだろう。

「じゃ、さっそくだけど――日和、今日もめちゃくちゃかわいい。身体は平気?」

「う、うん……」

――いきなり、第一声が破壊力ある。私はまた照れながらうなずいた。

昨夜もそうだったけど……泰生って、けっこう愛情表現するタイプだったんだ。友達としてはこんなやり取りしたことないし、気付くわけもなかったのだけど。

「そうか、よかった。無理させたんじゃないかって心配だったんだ。……あと、食欲はあるか? なにか買ってくるけど」

泰生に言われて、部屋の壁掛け時計に目をやる。年季の入った猫のキャラクターのそれによると、五時半を過ぎたところだった。

「そっか、朝ご飯……」

昨夜は営業途中で二階に上がってきたので、一食抜いてしまったんだった。

それに気付くと急にお腹が空いてきた。……そうだ。

「あの、簡単でよかったら、私作るけど」

自宅の冷蔵庫の中身を思い出しながら提案してみた。

私の朝食を彼に調達してきてもらうのは忍びないし、自炊の習慣があるので最低限の材料は揃っている。

「休めるときは休んだほうがいいんじゃないか？」

「ありがとう、でも食事くらいは、さすがに作れるよ。本当に簡単なものしか用意できないけど……」

私の体調を気遣って遠慮してくれているみたいだけれど、ふたり分の食事を作る程度ならなにも問題ないはずだ。

むしろ彼のほうこそ、今日もこれから仕事だろうし、それまでの間ゆっくりしてほしい。

「いいの？　……なら、お言葉に甘えて」

「うん。よかったらその間、シャワー使って」

「助かるよ」

そうと決まれば、キッチンに移動しなければ。……いや、その前になにか着ないと。

「……み、見ないでねっ。恥ずかしいから」

「はいはい」

シーツにくるまっている泰生に釘を刺し、笑ってうなずく声を背に、私はベッドから抜け出した。ひとまずそばに落ちていたブラウスを羽織り、クローゼットから部屋着のワンピースを引っ張り出したのだった。


泰生がバスルームでシャワーを浴びている間、私は洗面所で洗顔を済ませ、さっそく朝食作りに取りかかる。

ダイニングテーブルには、昨夜の窮地を救ってくれた奥薗さんのパンが置いてある。私の夜食にと持たせてくれたのだ。彼女らしい気遣いがありがたい。

主食はそのパンにするとして、冷蔵庫の中身と相談し、主菜と副菜はオムレツとスープに決めた。玉ねぎやトマト、じゃがいもなどの野菜とベーコンを角切りにし、軽く炒めたあとコンソメスープで煮る。単純だけど栄養価も高いので、たびたび作る具沢山のスープだ。

二口あるコンロの右側でスープが完成し、左側でひとつめのオムレツができたころ、バスルームを出た泰生がやってきた。うちのキッチンは対面式で、料理をしながらダイニングの人と顔を合わせて会話することができる。

彼の着替えは、迷ったけれど、悠生くんがうちに置いていたものがあるのでそれを貸した。上下ネイビーのスウェット。これを泰生が着ているなんて、すごく変な感じがする。

父は小柄な人だったし、私はひとりっ子で男兄弟もいないので、泰生はそれが誰のものであるのか察しているだろうけれど、言及はしなかった。

……泰生にとっては気持ちのいいものではないのだろうけれど、昨日着ていたワイシャツとスラックスを着るのは窮屈かな、と思ったのだ。

彼は一緒に貸したバスタオルを肩にかけ、周囲を見回した。

「懐かしい。昔遊びに来たときとほとんど変わってないな」

「お母さんが亡くなってからは全然いじってないの。お父さんが亡くなったあとは余計にね。……ごめん、その辺りに座って待ってて」

「うん」

お皿に一人前のオムレツを盛りつけたあと、すぐにふたつめの調理に取りかかる。

部屋の模様替えは母の担当だったから、この十年弱、リビングやダイニングに変化はない。彼にしてみれば、時が止まっているような感覚なのかもしれない。

四人がけのダイニングテーブルは誰かが家に来たときしか使わないので、きれいに片付いている。泰生がテーブルの手前の椅子を引いて座るのを確認してから、彼が最後にそこに座ったのはいつだっただろうかと考えた。

「泰生、高校生くらいまではたまに夕ご飯食べに来たりしてたよね」

「そうだな。おばさんの作るラザニア、めちゃくちゃうまかったの覚えてる」

「私もあれ大好きだったな」

フライパンにチーズを入れた卵液を流し込みながら、思い出に笑みがこぼれる。

母はお店ではホール専門だったけれど、家庭では家事全般を担当していた。もちろん料理も母がメイン。忙しくしながらも父のレシピを真似たり、本で調べたりして、いろいろなものを作ってくれた。中でもラザニアは父も大絶賛していて、親戚や友達が遊びに来るとよく振る舞っていたメニューのひとつだ。

……そういえば。母と父が立て続けに亡くなってしばらくはバタバタして友達を家に呼ぶどころではなかったけれど、落ち着いてから泰生を夕飯に誘っても、遠慮するようになったような……。

「……あまりうちに寄らなくなったのは、私が悠生くんと付き合い出したから？」

それくらいしか理由が思いつかなかった。調理の音に掻き消されないように、幾分声を張って訊《たず》ねる。

「俺と日和がふたりで一緒にいるの……兄貴は、いい気しないだろうと思って」

「悠生くんは気にしなかったと思うけど。私と泰生が仲良かったの知ってるし」

家族みたいな関係だったからこそ、悠生くんも泰生のことをそういう意味で警戒はしていなかったはずだ。

「……そうかもな」

私の言葉に、泰生はふっと遠くを見つめてから、小さく首を横に振った。

「いや、兄貴に遠慮してたみたいな言い方したけど、正直なところ、俺自身がいやだったんだよ。日和の家に、兄貴の痕跡が見えるのが……見つけたら、すごく嫉妬してしまいそうで」

「……」

そう言われて、私の言葉はずいぶん無神経だったのだと反省した。

逆の立場で考えてみたらすぐにわかる話だ。好きな人の部屋で、その恋人の気配を感じるものがあったら苦しくなるし、嫉妬に駆られてしまうだろう。

「そんな風に思うくらいなら、最初から告っとけって話なんだけど。日和は俺のこと、完全に友達だと思ってそうだったから……関係を壊したくなくて、言えなかった」

自嘲的な笑みをこぼして、泰生は大きくため息を吐いた。

フライパンの中でラグビーボールみたいに成形されていく卵を見下ろしながら、胸が痛くなる。

彼の中でも葛藤があったのだ。長い時間をかけて築いてきたなんでも言い合える関係が、崩れてしまう可能性があるかもしれないなら、躊躇《ちゅうちょ》するのも無理はない。

「もし時間を巻き戻せるなら……たとえば、高校時代に戻って日和に告白したい。そうしたら、未来は変わってたかもな」

もしもの世界を考えても仕方がないのはわかっているけれど、想像せずにはいられない気持ちも理解できる。私も、悠生くんがいなくなったときにまったく同じことを考えて、やり直したいと思ったから。

だけど、その願いが叶ったとして――もし悠生くんに告白されるより前に、泰生から告白されていたなら……私はなんて返事をしただろう?

ふたりのことは幼なじみとして分け隔てなく好きだった。悠生くんに告白されて舞い上がってしまったように、思いがけず泰生に告白されたら、やっぱり舞い上がって……お付き合いすることに決めたのだろうか。

　泰生の話を聞きながらぼんやりと考えるうちに、ふたつめのオムレツが完成した。お皿に載せ、サニーレタスとケチャップを添えてダイニングテーブルに運ぶ。

「お待たせ、できたよ」

　泰生にも手伝ってもらいながら、テーブルの上に温めたパンとオムレツ、スープというシンプルな朝食を並べ、彼の向かいに腰を下ろした。

「うまそうだな」

　彼は目を見開いて、驚いているみたいだった。

「――今さらだけど、日和って料理できたんだ」

「失礼な。一応飲食店の経営者なんですけど」

だいたい、いい年した大人に『料理できたんだ』とはどういう意味だろう。私がムッとして言うと、泰生が悪気はないとばかりに苦笑する。

「調理できなくても経営者は務まるだろ。実際、店では携わってなさそうだけど」

「それは、まぁ……」

お店には佐木さんという大ベテランがいるし、長年そのそばでお仕事を支えてきた奥薗さんもいるから、今のところ私がお店で厨房に入ることはない。

「でも料理は好きだよ。お父さんのこと尊敬してたから、大学じゃなくて調理の専門学校に行くことも考えてたんだけど、そのお父さんに『料理はいつから勉強し始めても遅いことはないから、少しでも迷ってるなら大学にしておきなさい』って」

てっきり父は、なにがなんでも私に店を継がせたいのだと思っていたけれど、まったくそんなことはなかったらしい。

母の死をきっかけに、私が日々の食事を作る機会も増えた。父の背中を見ていたから料理人という選択肢が真っ先に浮かんだのだけど、絶対にこれとは決め切れなかった。だから父の助言通りひとまず大学に進学し、自分がなにをしたいのかをじっくり考えることにしたのだ。

「なるほどね。おじさんが言いそうな台詞《せりふ》だ。……いただきます」

今思えば、確かに家族思いで思慮深い父らしい。

両手を合わせる泰生に倣《なら》ってから、私もフォークを手に取った。

「……うまい」

オムレツをひと口運ぶなり、彼がぽろりと発した。そしてすぐに、もうひと口頬張る。

「うれしいよ。人に料理を振る舞う機会ってあんまりないから。褒められたの久しぶり」

難しいメニューではないからちょっと恐縮してしまうけど、それでもうれしいものはうれしい。

「本当、うまい。卵料理は簡単そうで難しいって聞いたことあるから、日和って案外料理上手なんだな」

「案外は余計っ」

口を尖《とが》らせると、泰生がおかしそうに笑った。……もう、こういうところはいじわるなんだから。

でも、その言葉がお世辞じゃないことは顔を見ればわかる。気に入ってくれたみたいでよかった。

「兄貴は、もちろん食べたんだろ？」

「うん。……泊まりに来たときとかにね」

「ふーん」

短い返事は、面白くなさそうな響きだ。まるで、「やっぱり兄貴は特別だったんだな」とでも言うような。

もちろん付き合ってたし特別だけど、絶対に彼氏にしか作らない、とか決めていたわけじゃない。

……でも、考えてみたら泰生に料理を振る舞ったことはなかったかも。そこに別段理由なんてなくて、こんな風に機会さえあれば、いつでも作ったんだけどな……

「おじさんみたいに、オーナーシェフになる気はないの？」

ちょっとだけ気まずい沈黙のあと、パンをちぎった泰生がそう訊《たず》ねる。

「あー、うん……その、お父さんみたいには無理だろうけど、厨房に立ってみたいとは思ってる。そのために、今お店のレシピを共有してもらってるところなんだ」

このまま静寂が続くのではと案じていた私は、口に含んでいたオムレツを急いで飲み込んで答えた。

「パンやドルチェは奥薗さんにも対応してもらってるけど、ほかは佐木さんひとりに負担が行ってしまってるでしょ。これからお店を続けていくにあたって、あまりよくない状況だなと思ってて」

経営者としてのノウハウと、ホールの仕事を覚えることでいっぱいいっぱいだったけど、最近になってだいぶ慣れてきたし、厨房のことも少しずつ勉強したいという気持ちになってきた。

佐木さんはまだまだ引退という年齢ではないけれど、それでも彼の手一本にかかっている状態ではプレッシャーだろうし、お店を成立させるためにはレシピや技術を継承していくことも重要だ。

「すぐには無理でも……メニューをひとつひとつ作り慣れていって、佐木さんに合格点をもらうのが今の目標かな」

道のりは果てしなく長いけれど。佐木さんは料理人としての人生をこの店で終わらせると約束してくれているから、その決意に甘えて、焦らずに成長していきたい。

「そういう目標を立ててたの、知らなかったな」

「お店で具体的に話をしたのも、ここ半年くらいなんだ。実際は、日々の営業の忙しさに追われちゃって、あんまり練習の時間は作れてないんだけど……年が明けたら、また気合入れ直すつもり」

繁忙期は目の前のお客さんと向き合うことで精いっぱいだから、もう少し落ち着いたら時間が取れるだろう。新年会のシーズンが終わったら、営業前やランチとディナーの間の時間を使って、覚えていかなくては。

「日和はガッツがあるから大丈夫だろ。……頑張れよ」

なにも心配はない。そんな態度で、泰生が微笑む。

「――でも頑張りすぎて倒れないように」

「……はい。気を付けます」

実際に倒れそうになってしまっているのだから、なにも言い返せない。私は素直にうなずいた。

それにしても――誰かと一緒に食べるご飯は、いつもよりもおいしく感じて、食が進む。

ひとりのときはたいてい時間に追われていて、慌てて口の中に押し込むだけになってしまうから余計にそう思うのかも。昼も夜も、そのあとの休息時間を増やすためにとにかく速く食べることが優先で、だからこそ気が乗らなくて抜いてしまうことも多かった。

……こういう時間、久しぶりだな。

「年末に向けて、店はやっぱり忙しいのか？」

「ありがたいことに。イブもクリスマスも予約入ってるし、仕事納めの三十日まではなんだかんだこの感じが続きそう」

「そっか」

飲食店は、普段お仕事で忙しいお客さまがお休みの時期こそ、稼ぎ時だ。従業員のプライベートな時間も確保しなければいけないのでさすがに大晦日《おおみそか》から三箇日《さんがにち》まではお休みと決めているけれど、これでもかなり頑張って開けているほうだと思う。

「――あのさ。よかったら、一日でも二日でも、初詣《はつもうで》……一緒に行かないか？」

と、泰生がフォークをお皿に置き、控えめに訊《たず》ねた。

「……本当はイブとか、クリスマスの夜を誘いたいところだけど、日和が忙しい時期なの知ってるから。年末まで忙しいなら、いっそ年明けのほうがいいかなって」

てっきりただの世間話だと思ったのに、そうではなかったらしい。私の予定を探ってくれていたのだ。

「……そうだね、行きたい。年明けは四日から営業だから、それまではゆっくりできそう」

迷う理由はなかった。彼と出かけた誕生日はとても楽しかったし、有意義な時間だったたから。

「ありがとう。めちゃくちゃ楽しみにしてる」

ひょっとすると、断られるかもと思っていたのかもしれない。私がＯＫすると、泰生の表情がぱっと明るくなる。

「こちらこそありがとう、泰生。……昨日泰生が言ってくれた言葉、すごくうれしかった。泰生がいるから、本当の意味で……次の一歩を踏み出せそう」

ひとりで解決していかなければと考えていたから重荷だったけれど、泰生も一緒に背負ってくれるのが心強かった。

悠生くんがいない寂しさを認めて、ごまかさない。強がったりしない。

私には、悠生くんを想う私でもいいと言ってくれる泰生がいる。彼の力を借りて、少しずつ明るい気持ちを取り戻していけばいいんだ。

「俺は兄貴みたいにいなくなったりしない。ずっとそばにいるよ」

「……うん」

ずっとそばにいる。……今の私には、なによりも安心できる言葉だ。

泰生の優しい言葉が、傷ついた心をそっと包んで、癒してくれるような気がした。

「――そうだ、何時までここにいられるの？　いったん家に寄るでしょ？」

油断すると泣いてしまいそうで、そうならないうちに話題を変える。

「ああ。着替えもしたいし。……でもあと一時間くらいは平気」

「せっかくだからコーヒー飲んでいって。淹れるから」

泰生にはさんざん迷惑をかけ、助けてもらった分、ほんの少しでもお返しできることがあればしたかった。

すると泰生がまじまじと私を見つめ、いじわるに笑う。

「ありがとう。もう少し一緒にいたいって思ってたんだ。……あとちょっとだけ、日和を独り占めさせて?」

「……やっぱずるい、そのキャラ変」

私は目の前の彼には聞こえないくらいの、小さな声でつぶやいた。

今まで彼の口から聞くことのなかった甘い台詞《せりふ》を不意打ちで囁《ささや》かれると、どうしたって照れてしまう。

私たちは食事を終えると、和やかな雰囲気で食後のコーヒーを楽しんだのだった。

■□■

思い起こせば、苦しい恋だった。

『泰生、実はね……悠生くんに告白されて、付き合うことにしたの』

そうはにかんで言った日和に、俺はなんと答えたのか覚えていない。

多分、「よかったな」とか「兄貴のことよろしくな」とか。そんな感じのことだろうけれど、心の中は荒れ狂っていた。

――そうか。本当に兄貴の彼女になったのか。

そうなるかもしれないと覚悟していたにもかかわらず、現実を突きつけられるとひどくこたえた。

日和の前では笑って祝福して見せつつ、その翌日、俺は生まれて初めて仮病を使って大学を休んだ。

十数年も思い続けてきた好きな子が、兄のものになってしまった現実に、とても耐えられなかったのだ。

――バカだな俺は。あのときどうして譲ったりしたんだ。

運命の分かれ道となったのは、日和の父親――『フォルトゥーナ』のおじさんが亡くなって、四十九日が過ぎた、ある秋の日の出来事だ。

「日和ちゃん、気丈に振る舞って……どうして神さまって、あんないい子にこんなつらい仕打ちを」

「…………」

リビングのソファでスマホをいじっていると、そばにいた母親がやりきれないとばかりにつぶやいた。

おじさんの死後、日和はひとりぼっちになってしまった。両親は上京組で、親しい親戚は地方在住。店の古株の従業員がそばにいるのが救いだけれど、おじさんの死後の手続きの一切を日和が行《おこな》ったと聞く。まだ二十歳そこそこの女性には、さぞかし心細かっただろう。

「そろそろ日和ちゃんの誕生日だったわよね。泰生、食事でも誘ってお祝いしてあげてよ」

「なんで俺が」

母親が唐突にそう言い出したので、俺は内心でドキッとしつつ、素知らぬ顔で答える。

「だって、あなた、日和ちゃんのこと好きなんでしょ？」

「……」

——あまりにも自然に訊《たず》ねられたので、一瞬返事に困ったけれど、首を傾げてみせた。

どうしてバレたんだろう。そんなにわかりやすい態度を見せているのだろうか。

でも、家族に自分の恋愛事情をさらけ出すのには抵抗があるし、こんなに想い続けてもなお、自分の気持ちを日和に打ち明ける決心がついていなかった。

なにかのついでに長話したり食事をしたりすることはあるけれど、誕生日に食事に誘うというのは、異性としての好意剝《む》き出しの行動な気がする。

「……別にそんなんじゃないよ」

俺はやっぱり関係ないという風に返答する。と、母親は非難がましく眉根を寄せた。

「冷たいわね。普段、あんなに仲いいのに。じゃいいわ、そしたらうちで食事しましょう。もし予定が空いてたらご飯食べに来てって伝えてくれる？」

「わかった」

それくらいならごく当たり前の誘いだろうか。俺はうなずいて、二階の自分の部屋に戻った。

ベッドに座り、メッセージアプリを開いて日和の連絡先をタップする。先ほど、母親に言われた内容をそのまま打ち込もうとして、手を止めた。

――いや。この機会に、やっぱり気持ちを伝えるべきか……？

日和は昔から明るくて、元気で、頑張り屋で。そこにいるだけで、世界がキラキラして見えるような女の子だ。

そんな日和が、大切な家族を立て続けに亡くして……表向きには平気なふりをしているけれど、その笑顔が痛々しくて、見ていられない。

俺が彼女を助けられるなら……支えられるならそうしたい。というか、今こそ、長い間ずっと言えずにいた気持ちを打ち明けるタイミングなんじゃないだろうか――

そう思ったとき、部屋の扉がノックされた。ほどなくして扉が開く。廊下に立っていたのは兄貴だった。

「泰生、さっき母さんが言ってた話だけど」

「さっき……あぁ」

姿は見えなかったけれど、会話を聞かれていたということか。うなずいて、部屋に入ってくる兄貴を見上げる。後ろ手に扉を閉めたあと、いやに真剣な顔で兄貴が口を開いた。

「その役目、俺に譲ってくれないか？」

「え？」

「最近の日和ちゃん、あまりに落ち込んでて、見てられないから……どうにか元気づけられたらって思ってたんだ。両親を続けて亡くしてるわけだし、仕方ないんだけど」

「………」

このころの兄貴は、まだ日和のことを『日和ちゃん』と呼んでいた。昔からずっとそうだ。兄と妹みたいな関係。……そう思っていたのに。

「俺さ、日和ちゃんのこと好きみたいなんだよね。だからつらいときほど、支えてあげたいって思うのかな」

続く言葉が予想外で、一瞬思考が停止した。

——そんな話、初めて聞いた。兄貴は真面目で、それなりにモテるけど、女の子と遊ぶよりも男友達と一緒にいたいタイプで、父親の会社に入ってからも恋愛とは縁遠そうだったから、余計に驚いた。

「……へぇ」

だけど、そう思っているなんて微塵《みじん》も感じさせない態度で、俺はうなずいた。

「誰も頼れる人がいないなら、日和ちゃんにとって、俺がそういう立場になれたらって……そういう風に、気持ちを伝えようと思ってる」

「よ……弱ってる姿を見たからそう思い込んでるだけなんじゃないの。兄貴、そんなこと全然言ってなかったじゃん。幼なじみのこと、急に異性として見れるものか？」

柄にもなく焦っていた。日和の周りに彼女を狙う男がいないかどうか、いつも見張っていたはずなのに――まさかこんなに近くにいたとは、気が付かなかった。

「――だいたいそれ、本人に言ってやればいいのに。どうして俺に言うんだよ」

「泰生も、日和ちゃんのこと好きなんだと思ったから」

「なっ――」

母さんといい、兄貴といい、なんなんだ。まんまと言い当てられて頭が真っ白になる。

「お、俺は別にそんなんじゃ……」

「じゃあ俺が告白してもいいの？」

ごまかすために否定の言葉が口をつくと、すかさず兄貴が問いかけてくる。

「いいもなにも、それは兄貴の自由だし」

「それで俺と日和ちゃんが付き合うことになっても？」

「それも……日和の自由だろう」

――本当は、そんなこと絶対に避けたいと思っているのに、このときの俺は頑《かたく》なに認めることができなかった。

日和が俺のことをただの幼なじみ、友達だと思っているのは、普段の彼女の態度からして明白だった。勇気を出して告白したとしても、断られるだろうことは確実だ。

……断られて、気まずくなって、いつもみたいになんでもない会話すらできなくなるのが、怖くてたまらなかった。だからここで、自分の気持ちを悟られてはいけない。

「……そうか」

まだなにか言いたそうに見えたけど、兄貴は納得した風にうなずいた。

きっと兄貴は気付いている。でも、突っ込んだところで兄貴も日和を好きなわけだから、俺が否定するならそれでもいいと思ったのかもしれない。

「もう一度訊《き》くけど――俺が日和ちゃんと食事して、気持ちを伝えても構わないんだな?」

……いや、『きっと』じゃない。兄貴は、俺が日和を想っていると確信している。だからこれが最終確認と示すために、念押ししているのだろう。それなのに。

「兄貴がしたいようにしなよ」

俺は突然のことに動揺するばかりで、気が付くとそう答えていた。

「……ありがとう。そうするよ」

兄貴が出ていったあと、俺は過去にないくらいの自己嫌悪に苛《さいな》まれた。

――どうして素直に言わなかったんだ。

「俺なんて、物心つくころからずっと日和が好きだったんだ」って。「今もずっとよそ見せず、日和だけを思い続けてるんだ」って。

……その後、兄貴と日和が付き合い始めて、このときの過ちを心から悔いた。そして、決して取り返せないミスであったことを悟ったのは、ふたりが婚約したという話を、母親伝いに聞いたときだ。

日和が兄の婚約者になったからといって、彼女に対する想いが消えていくわけではなかった。

兄のことは家族として好きだから、邪魔しようなんて気持ちも起きない。ただ、日和が兄貴と結婚して、絶対に手の届かない存在になるまでは、ひっそりと思い続けよう。そのあとはきっぱり忘れる。

それが、俺が俺自身に課したルール。俺の初恋のタイムリミットは、もうそこまで迫っているかと思われた。……兄貴が失踪するまでは。

悲しみに暮れる日和を見て、今度こそ俺が彼女を支えて、助けてみせると思った。

俺の必死で一途な思いが届いたのか、こうして彼女とひとつになれたわけだけど――

「……やっぱ、譲るんじゃなかった」

力尽きて眠り込んでしまった日和を見下ろしながら、思い起こされるのは大学三年の秋。兄貴が日和に告白し、ふたりが交際を始めたころのこと。

日和はさっき、自分で言っていた。恋に恋していたと。兄貴のことは好きだったけれど、最初から異性として見ていたわけじゃなかった、と。

あのとき俺が弱気に駆られずに自分の気持ちを素直に認めて、日和の誕生日を兄貴に譲らなければ……もっと早く、こんな朝を迎えられたかもしれないのだ。

「……悔しい」

寝ている日和の頬をそっと撫でて、ぽつりとつぶやく。……この無防備な表情も、もっと早く知りたかった。

「ん……」

日和がかわいらしい声で小さく呻《うめ》いた。

――でもいいか。こうして今、一緒にいられるんだから。

俺は長い間待ち焦がれた幸せを、やっとの思いで噛み締めていた――

◆◇◆

年が明けて、一月の下旬。

今年の『フォルトゥーナ』の新年会の予約や貸し切りは一月の二週目と三週目に集中し、そろそろ平常運転に戻ろうとしていた。

「いらっしゃいませ～」

ディナータイムが始まり、店内にはまだお客さまが二組だけの静かな時間帯。ドアベルの音とともにやってきたのは、今、私がプライベートでいちばん言葉を交わしている彼だ。

「こんばんは」

寒さが増したからか、その人はネイビーのスーツの上に黒いコートを羽織っている。白い息を吐きながら、扉を閉めた。

「泰生。どうぞ、入って」

「うん」

私が促すと、私と同じくホールで給仕していた奥薗さんも彼の来訪に気が付いたようだ。にこにこ微笑みながら、泰生のそばへ歩み寄る。

「あら～泰生くん。今日もひとりでディナー？　最近多いわね～」

「ええ、まあ。帰り道なんで」

「ふーんそう～。こちらへどうぞ～？」

「どうもありがとうございます」

泰生がひとりでここへ来るときは、必ずカウンターのいちばん端の席を選ぶ。奥薗さんはその席へ彼を案内してから、声を潜めて言った。

「……私はてっきり、別の目的があるんだと思ってるんだけどね～？」

「奥薗さん、今日のおすすめは？」

奥薗さんの笑みがニヤニヤとなにかを企むような怪しい顔に取って代わると、泰生は少し焦った様子で咳払いをして、すかさず話題を変えた。

「四種のチーズソースのニョッキと、タコのペペロンチーノ風です。チーズソースと相性抜群のサンジョベーゼの赤も用意してます～」

「ではそれをお願いします」

「シェフ～、今日のおすすめ二品とグラスワインの赤頂きました～」

「ベーネ！」

奥薗さんがカウンター越しに厨房へ呼びかけると、いつもの、佐木さんの威勢のいい返事が聞こえてくる。

「じゃ、ごゆっくり〜。日和さん、ワインお願いしますねっ」

「あっ、はいっ！」

奥薗さんはニヤニヤしたまま私にワインを託すと、別のお客さまに呼ばれてそちらのオーダーを取りに行ってしまった。

「……奥薗さん、なにか言いたげだったね」

グラスの赤を用意すべくカウンターの内側に入りつつ、泰生に耳打ちする。

「そうだな。……あの人、勘がいいから察したのかも」

なにが、とは言葉にしなくてもわかる。私と泰生の関係についてだろう。

泰生と一夜をともにしてからというもの、彼は週に一度はこの店に客として訪れるようになった。

彼曰く、「日和と会う時間を少しでも増やしたいから」とのこと。会おうと思ったら店に来るのがてっとり早いと考えてくれたらしい。

会社員である彼のお休みは、飲食店の予約が増える土日だ。私の立場ではそう毎回休めないので、こうして顔を見せに来てくれるのはすごくうれしい。

「はい、先にグラスワインね」

「ありがとう」

彼は私から受け取ったグラスを軽く掲げる仕草をして、口元に運んだ。ルビーを溶かし込んだような中身をひと口嚥下《えんげ》し、カウンターにそっと置く。

「ところで、元気だったか？」

「元気だよ。っていうか、先週ここで会ったばっかりじゃない。一昨日電話もしたし」

まるでしばらく会っていなかったみたいな口ぶりがおかしくて、つい噴き出してしまった。

泰生は二、三日に一度くらいのペースで、寝る前に電話をくれる。話す時間は五分から十分程度で、その日にあった出来事をお互いに報告し合う程度だけど、その時間を心待ちにしている自分がいた。

彼が常に私を気にかけてくれていることが伝わってくるし、その連絡が三日も空くとそわそわしてしまったりして。

気の回る彼のことだから、働き詰めの私に気を遣って、ペースを考えてくれているんだろうけど。

「でも会うのは一週間ぶりだろ」

「そうだけど」

「電話だって本当は毎日したいくらいだけど……そういうわけにもいかないしな」

「泰生も忙しそうだもんね」

——そうだった。今は彼自身も忙しい時期のはずだ。私の言葉に、彼はちょっと疲れた様子でうなずく。

「ゼノフーズに移ってから、けっこうな。兄貴のヤツ、まさかこの忙しさが苦でいなくなったのかも、とか思わずにいられない」

抱えている店舗の分だけ、シーズナルメニューやフェアなどの商品の開発や選定を行わなければならない。その全体を把握するのは骨が折れるのだろう。

「――アグリのほうもまだ後継者で揉《も》めてるし、そっちにも顔出さなきゃいけないのがな」

「……大変だね」

後継者が正式に決まらない以上、自身の仕事を引き継げないわけで。泰生は今、ふたり分の責任を抱えていることになる。泰生の心労を思うと、それ以上言葉にならない。

なにか私が力になれることがあるならいいけど、オフィスで働いたことなんてないしなぁ……

――あ。でもひとつだけあるか。

「あの、私、大きな会社のことってあんまりよくわからないし、的確なことは言ってあげられないと思うけど……愚痴だったらいくらでも聞くから、遠慮なく言ってね。仕事終わったあとだったら、いきなり電話とかしてくれてもいいし」

役立ちそうなアドバイスはできない代わりに、話を聞くことくらいならできそうだ。

私なりに彼を応援しているって気持ちを表現したかったのだけど……伝わっただろうか？

「ありがとう」

彼は少し驚いた風に目を瞠《みは》ってから、うれしそうに微笑んだ。

……よかった。伝わったみたいだ。

「――でも、仕事のあとせっかく日和と話せるなら、もっと楽しい話がいいかな。そのほうが気分転換にもなるし」

「泰生がそのほうがいいなら、私は構わないよ」

「ん。じゃあ、そういうときは、話し相手になってほしい」

「うんっ」

いつもお世話になりっぱなしだから、多少なりともお返しできるなら私もうれしい。

「はーいお待たせしました～、四種のチーズソースのニョッキとタコのペペロンチーノ風です～」

私と彼の間にほわんとした心地よい空気が流れた直後、いつになく陽気な声とともに、奥薗さんがやってきた。カウンターにそれぞれの料理が入ったお皿を置く。

「ごめんなさいね～お邪魔するつもりはなかったんだけどっ」

「……別にそんなことないですよ。ありがとうございます」

奥薗さんはやけにチラチラと泰生に視線を送っては、笑いを堪《こら》える仕草をする。そんな彼女に苦笑しつつ、泰生がお礼を言った。

「ねぇ日和さん、泰生くんにワインでもごちそうになったら？　混んでくるまではそこにいて大丈夫ですよ」

「あっ、でも――」

一応仕事中なのだし、ずっと泰生のそばにいては奥薗さんに負担をかけてしまう。

そう言いかけたのを、ひらりと片手を振って制された。

「いいから、いいから。日和さんは泰生くんのお相手をしてあげてください～」

終始含み笑いをしたまま、奥薗さんは厨房に戻っていった。厨房に控えているほかの席の料理を取りに行ったのだろう。

「……ってわけだし、なんか呑んだら？」

「あ、ありがとう。……奥薗さん、早とちりしてるよね、絶対」

私はお礼を言って、彼と同じサンジョベーゼをワイングラスに注ぐ。その合間に、厨房にいる奥薗さんや佐木さんに聞こえないよう、声を潜めて言った。

奥薗さんは絶対に、私たちの関係に変化があったことを感じ取っている。私たちが言わないから、敢《あ》えて指摘してこないだけだ。……指摘しているのと同じような態度ではあるけれど、はっきりと言葉にしないのは彼女なりの気遣いかもしれない。

でも本当、早とちりだ。私たちは以前よりもさらに仲良くはなったけれど、彼氏彼女になったわけではないのだから。

「じゃ、遠慮なくいただくね」

「どうぞ」

ワイングラスを掲げて乾杯し、中身をひと口呑む。さすがは奥薗さんのチョイス、おいしい。

ワインを味わうふりをしながら、私は目の前でグラスを傾ける凛々《りり》しい顔を見つめた。

泰生のことは素敵だと思う。男女として触れ合ったのはうちに泊まったあの日が最後で、それからキスもハグもしていないけれど、こまめな愛情表現や頼りがいのある所作に、異性としてのドキドキも感じている。

さっきから、妙齢の女性ふたり組が泰生のことを盗み見るような仕草をしているのも、彼が男性の魅力に溢れていることの表れだろう。

でも悠生くんのことを思い出すと、まだ心が痛む瞬間がある。

病気をしてはいないかな、とか。ちゃんとご飯食べているかな、とか。無事であることを祈りながら、彼のそばにいるだろう女性の姿を想像してみては、悲しくなったりして。

悠生くんの代わりでもいいと泰生は言ったけれど、一度冷静になって考えて――やっぱりお付き合いをするなら、その人だけに愛情を注ぐべきだ、と私は思う。

だから返事がブレてしまって申し訳ないけれど、私の中の悠生くんが完全にいなくなるまではお付き合いはできないし、あくまで親友のままでいたい。その前にお付き合いするのは泰生に対して失礼なことだから、と。そう告げた。

『親友のまま』と言いつつ、そのラインをとうに飛び越えているのは承知だ。

でも、泰生のことが大事だから、きちんとしたかった。お付き合いを始めるなら、勢いや流れなんかじゃなくて、明確な意思のもとでなければ不誠実だ。

私の性格をよく知る彼は、私の気持ちを尊重して、「待つよ」と言ってくれた。私が悠生くんのことを忘れるその日まで「いちばん近くで見守っているよ」と。

……そんな愛情深さに、ますます惹かれていく自分がいる。

「『なにか勘違いしてませんか？』って言ってみれば」

厨房に視線をやりながら、泰生はいつも冗談を言うときのように唇を歪《ゆが》ませて笑う。

「言えないよ。奥薗さんって鋭いから、下手に突くとこっちのボロが出そうで」

「俺のこと、好きになりかけてるんだもんな？」

「っ……！」

いじわるな目をした泰生が、小首を傾げた。

軽口なのはわかっているから、なにか言い返そうと思ったけど――できない。事実だから。

私は……泰生のことを好きになりかけている。

悠生くんのいないこの数ヶ月を支えてくれた彼のことを異性として意識しているし、ふとした瞬間にカッコいいと思うことが増えたし……もっとこの人といたい、と思っているのだ。

言葉に詰まる私の目を見つめながら、泰生の表情が柔らかくなる。

「ま、それは冗談として、気持ちが固まるまではスルーしておけばいいよ。時間が経って、日和が自信を持って俺を彼氏として紹介できそうなときに、ちゃんと報告したらいい」

「……そうだね」

どのみち今はまだ幼なじみで親友のままなのだし、彼がそう言うのであれば、それが正しいような気がしてきた。

――本当に優しいな、泰生は。私が中途半端でも責めることなく、焦らず、急かすこともなく、約束通り待ち続けてくれているんだから。

言葉を交わすたびに、これまで知らなかった、あるいは気付かなかった彼の素敵な一面を知ることができて心が躍る。

もっともっと……泰生のことを知っていきたいな――

「冷めないうちに食べようかな。いただきます」

「うん、どうぞ」

私が密かにそんなことを考えているとは知らないだろう泰生が、手を合わせて食事を始める。

どちらも「おいしい」との感想を聞けて、オーナーとしても満足だ。

「……そうだ。次出かけるとしたら、どんなところに行きたい？」

その合間に、ふと思いついたように訊《たず》ねられた。

「行きたい場所かぁ……」

ワイングラスを揺らしながら、頭の中で考えてみる。

泰生とは、年明けの初詣《はつもうで》や、冬季限定のイルミネーションに出かけている。彼に平日を空けてもらわなければいけないから今はまだ二回きりだけど、やっぱり楽しかった。

仕事柄、飲食店には常に興味津々だし、とりわけ人気のカフェは、そのときの流行に多大な影響を受けていて参考になるものがたくさんあるから、積極的に行くようにしている。

仕事に関係がなくてもいいなら、自然にも触れたい。庭園とか、植物園とか、自然公園とか。スパや温泉とかも、のんびりできていいかも。日ごろ時間に追われて慌ただしくしていると、時の流れをゆったりと感じられる場所がとても魅力的に思える。

「うーん、たくさんありすぎて難しいな。一日のほとんどをここの一階か二階で過ごしてるから、どこに行っても楽しめる自信があるよ」

「なるほどな」

絞り切れずにギブアップすると、「確かにそうか」と、泰生が笑う。

「――じゃあ日和が気に入りそうなところ、いくつか探してみるよ。お互い休みが取れそうなときがあったら、一緒に行こう」

「本当？　うれしい！　期待してる」

また泰生と出かけられるんだ。……素直にうれしいし、具体的なことはなにも決まっていないのに、すごくわくわくしてきた。

私は店内が混み合うまでの間、彼と一緒にワインと会話を楽しんだのだった。

◆◇◆

寒い冬が一段落して、春の足音が聞こえてきた三月半ばの、金曜の夜。

最近の私は、仕事に勤しみながら、穏やかな日常を取り戻しつつあった。そろそろディナータイムが始まる頃合い、お店に現れたのは、今ではすっかり私にとってなくてはならない存在になった彼。

「泰生くん、いらっしゃいませ～」

その人の来訪を、ホールでテーブルセットをしていた奥薗さんが、ちょっとはしゃいだ声で迎えた。

「日和さーん。泰生くんがいらっしゃいましたよ～」

そしてすぐさま、厨房で佐木さんとカポナータの仕込みをしていた私にそう呼びかける。その声を受けて、私は慌ててホールに出た。

「そ、そんなに大きな声で呼ばなくても大丈夫ですって」

「ふふっ、まだ営業前ですし誰もいませんから、気にしなくても平気ですよ」

「いらっしゃい、泰生くん。今夜はまたずいぶん早いね」

私が彼の来訪を楽しみにしていたことを見透かしているみたいに笑う奥薗さん。すると、後ろから佐木さんも顔を出してにこやかに挨拶をする。

「こんばんは。ちょっと、日和に用事があって」

「そうか。日和ちゃん、あとは煮込むだけだからこっちでやっとくよ」

「あっ、ありがとうございます」

まだ途中だったけれど、佐木さんもそう言ってくれているので、お任せすることにしよう。

「用事なんてなくても、いつでも歓迎ですけどねー？　おふたりでごゆっくり～。日和さん、ご案内とオーダーお願いしますねっ」

奥薗さんはやや早口でそう言うと、佐木さんとともにそそくさと厨房へ引っ込んでしまった。

「……もう、奥薗さんってばっ」

小さくため息を吐きつつ、泰生をいつものカウンター席へ案内する。

彼女は相変わらず、泰生が現れると必要以上に気を回してくれる。……ありがたいけど、なんだか恥ずかしい。最近は、彼女だけでなく佐木さんも察しているみたいだ。これには泰生も諦めた風に笑みをこぼす。

「まぁ、取り繕《つくろ》いようがないしな。今までたまにしか顔見せなかったくせに、頻繁に足を運ぶようになったら、誰だって勘繰《かんぐ》る」

「まぁ、そうだよね……」

きっと彼らは私たちを恋人同士だと認識しているのだろうけれど、関係は進展していない。休みを合わせて遠出したり、他愛ない内容で夜に電話をしたり、こうして仕事帰りに彼が会いに来てくれる頻度も高くなったけれど、基本的にはなにも変わっていない。

でもひとつだけ、大きく変わったことがある。私の中の、悠生くんに対する未練が消えたことだ。時間が癒してくれた部分も大きいけれど、やはり泰生がそばにいてくれたおかげだろう。泰生とふたりの時間を共有するごとに彼へのときめきが増していき、それと反比例するかのごとく悠生くんを考える時間が減っていった。

今でも悠生くんの行方《ゆくえ》は気がかりではあるけれど、それは幼なじみとしての感情であり、恋人や婚約者としてのそれではない。私は失恋からやっと立ち直ることができたのだ。

「――それはそうと、例の雑誌の取材、昨日だったんだろ？　どうだった？」

傍らにあるおすすめメニューの黒板から、前菜のおまかせ三種盛りとプロセッコのグラスをチョイスした泰生が、ここからが本題とばかりに真剣な口調で言った。

「すごく緊張したよー……もう、口から心臓飛び出るかと思った」

思い出すだけで背筋が伸びる。カウンター下のコールドドリンク用の冷蔵庫を開け、プロセッコのボトルを取り出しながら弱音を吐く。

昨日はなんと、グルメ誌のインタビューを受けていた。縁をつないでくれたのは泰生だ。

地元に愛されるホスピタリティに満ちたお店というのが父の理念で、私もその意思を継いでいきたいと思っているけれど、近ごろは平日の集客が以前より落ち込んでおり、少し焦りを感じていた。

それを泰生に相談したら、大学時代のサークルの後輩が全国版のグルメ情報誌の記者をしているとのことで、経営者としてインタビューを受けてみないかと提案された。ちょうど、町中華や食堂など、個人経営の人気店を取り上げるコーナーがあるとかで、話はトントン拍子に進んだ。

「俺も一緒にいられればよかったんだけど、あいにく昨日は立て続けに会議があって」

「ううんっ、ありがとう」

泰生は自身が間に入っていたこともあり、インタビューに同行してくれようとしていたのだけれど、仕事ならば無理は言えない。その気持ちだけでもうれしい。

「……でも私なんかでよかったのかなぁ。これといった実績があるわけじゃないのに」

フルートグラスに注いだプロセッコを泰生に差し出しながら、不安が口をついた。

インタビューの際、『地元で愛されるトラットリアの若き二代目オーナー』なんて言ってもらったけれど、父のやってきたことを引き継いでいるだけで、私自身が新しく打ち立てたものはまだない。

もちろん、お店の灯《ひ》を絶やさないためにこれからさまざまな工夫をしていかなければとは思っているけれど、まだそこまで考える余裕がないのが実情だ。

少し心細くなった私に、泰生が明るく笑いかける。

「親が作った店を守ってるのは立派な実績だから心配するな。それに、発行されていろんな人の目に触れれば、地元以外の客も注目してくれるんだし、プラスにしか作用しないよ」

――そうか。この五年、私なりに頑張って経営を維持しているんだから、それを実績と捉えてもいいいんだよね。

インタビューの内容を読み手がどう評価するのか心配だけど、いずれにせよお店に興味を持ってもらって、足を運んでもらえるきっかけになればいいのだ。そう考えたら、気が楽になった。

「……泰生、ありがとう。いつも助けてくれて」

「ほかの誰でもない、日和のためだからな」

泰生はグラスを軽く持ち上げてうなずくと、中身を呷《あお》る。

彼はこんな風にしれっとした態度だけど、愛情表現を欠かさない。それがどれだけ私にとって心強いことか。

――私、本当にこの人なしではいられなくなってしまったのかもしれない。

たまに忌憚《きたん》のない厳しい意見を言ってくれることもあるけれど、泰生が与えてくれる言葉のほとんどは優しくて、心安らぐもの。いわば、精神安定剤だ。

どんなときでも揺るぎない愛情を与えてくれる彼を心の底から信頼している。さんざん待たせてしまったけれど、今の私ならはっきりと自信を持って言える。

「あの、泰生」

あなたのことが好きです、と――

「うん？」

「お店のあと……時間あるかな。話したいことが――」

ドキドキしながら切り出したとき、私の言葉を遮るようにドアベルが鳴った。

まだオープンの看板は吊るしていないのにと思いながら、反射的に扉のほうを振り返る。

「いらっしゃいま――」

……心臓が止まるかと思った。

ほんの少しくせのあるセンターパートの黒髪も。女の子みたいに白い肌と曲線的な薄い眉も。奥二重の瞼《まぶた》につぶらな瞳も。スラリとした体躯《たいく》も。最後に会ったときよりもやや疲れたような印象ではあるけれど、ほとんど変わっていない。

扉の向こうには、メッセージひとつ残して姿を消した、あの悠生くんが立っていた。

「日和……」

泰生よりも少しだけ高い、聞き慣れた声が私の名前を呼ぶ。見慣れたグレーのスーツ姿。半年前、彼の仕事帰りに最後に会ったときと、まったく同じ服装だ。

――間違いない。本当に悠生くんだ。

「……兄貴……？」

「……泰生もいるのか」

泰生にとっても想定外のゲストのはずだ。泰生も私と同じように、扉を振り返ったまま、悠生くんに釘付けになっている。

悠生くんは泰生がいることに驚きつつも、覚悟を決めたように深呼吸をして、店内に入ってきた。

扉を閉め、私たちのいるカウンターのそばまでやってくる。

「日和……それに、泰生も。……申し訳なかった」

「えっ、悠生くん……どうして……？」

姿勢を正し、深々と頭を下げた悠生くん。

彼の声を聞きつけた奥薗さんが、厨房から出てきて固まっている。

「――どの面《つら》下げてここに来たんだ。兄貴、自分がなにしたかわかってんのか？」

しばらく呆然としていた泰生が、立ち上がって悠生くんと対峙《たいじ》した。怒気に満ちた声で訊《たず》ねながら、今にも掴みかからん勢いで悠生くんと距離を詰めようとする。

「待って、泰生！」

このままでは手が出てしまうと案じて、私は彼らの間に割って入った。

「……悠生くん、無事だったんだね」

幾分クールダウンした泰生に背を向ける形で、悠生くんにそう声をかけた。

「急にいなくなっちゃったから、心配したよ。……とにかく無事でよかった」

あのメッセージは受け取り方によっては心中《しんじゅう》を連想できなくもないから、最悪の事態を考えなかったわけじゃない。

無事でよかった。生きていてくれてよかった。それが、今の偽りのない本心だった。

「日和、ごめん……本当に……」

悠生くんは泣きそうに瞳を潤ませ、声を震わせてつぶやく。そして、私に向かってもう一度頭を下げた。

「日和ちゃん、そろそろ営業が始まるし、二階で話してきたらどうだい？」

奥薗さんに次いでホールに顔を出した佐木さんが、驚きを顔に滲ませながらも気を遣って提案してくれる。

「申し訳ないです。……そうさせてもらってもいいでしょうか？」

「ええ、もちろん。なにかあったら、呼んでくださいね」

「ありがとうございます」

奥薗さんが快く答えてくれたので、お店のことはふたりにお任せすることにして、私たちは自宅のある二階に移動した。

ダイニングにふたりを通したあと、コーヒーを淹れた。私の前に悠生くん、そのとなりに泰生。

「よかったら……」

「ありがとう」

それぞれの前にコーヒーカップを置いて、私も席に着く。コーヒーを勧めると、悠生くんがすまなそうにお礼を言った。

「………」

彼のとなりに座る泰生は、無言のままそっぽを向いて床を見つめている。不機嫌なのは一目瞭《りょう》然《ぜん》だった。

「まずは本当に、申し訳なかった」

そんな殺伐《さつばつ》とした空気をいちばんつらく思っているであろう悠生くんが、改めて謝罪しながら頭を下げる。

「このあと家にも寄るつもりだけど、いちばんに日和に謝りたかった。……泰生、お前にも」

私と泰生、それぞれに視線をくれる悠生くん。

「……まずは理由を聞かせてもらえるかな？」

私は俯《うつむ》く彼に、静かにそう訊《たず》ねた。

例のメッセージだけでもだいたい把握しているつもりだけど、きちんと本人の口から聞きたかった。

行方《ゆくえ》不明になってからというもの、もし悠生くんが帰ってきたら、と何度も想像した。泣いてしまうだろうか、とか、責め立ててしまうだろうか、とか。なのに、思っていたよりもずっと落ち着いて訊《たず》ねることができて、そんな自分に内心で驚く。

「……好きな人がいるんだ。ずっと一緒に生きていきたいと強く思える女性が。その人と一緒にいるためには、今の生活を捨てなきゃいけないと思って……それで、あんな風に一方的に……」

「兄貴、日和と付き合ってたはずだよな？　並行して、別の女とも付き合ってたってわけか？」

あくまで悠生くんのほうは向かずに、泰生は床を睨んだまま訊《たず》ねた。

「……そういうことになる」

——やっぱり、私のほかにも付き合っている人がいたんだ。

悠生くんに二股なんて似合わないし、うそだと思いたいけれど、彼自身が認めているのだから、事実に違いないのだろう。……胸が、痛い。

「最低だな」

苦しげに認めた悠生くんを意図的に傷つけようとするみたいに、泰生が冷たく言い放った。

「日和がどれだけ傷ついたか……つらい思いをしたか、想像できないわけじゃないだろ？」

「なにも言い訳するつもりはないよ。……俺は本当に、最低な男だ」

泰生の刃物のように鋭い言葉を、悠生くんはすんなりと認めて、受け入れている。

——泰生は、私を傷つけた悠生くんに対して、ずっと激しい怒りを抱いている。

こんなことがなければ、ふたりはとても仲のいい兄弟だった。泰生だって本当は、お兄さんが無事に見つかって安堵《あんど》する気持ちもあるだろうに。私のせいでふたりがギスギスしているのだと思うと、申し訳ない気持ちになった。

「だいたい、『今の生活を捨てなきゃいけない』ってどういうことだよ？」

泰生はやっと悠生くんに身体を向けると、理解できないとばかりに口調を荒らげて続ける。

「兄貴はゆくゆくゼノフーズの……そしてゼノ・ホールディングスの社長になるはずだった。好きな女ができたからって、行方《ゆくえ》をくらます必要なんてなかったはずだ」

「……私に面と向かって言い出しにくかったからなの？　悠生くんは、人の気持ちを考えすぎちゃうことがあるから」

私もこの半年、そこがずっと引っかかっていた。私ではない別の女性とともに歩んでいくことを決めたからといって、ゼノフーズの専務という立場まで捨てる必要はなかったのに。いかに私が彼のご両親にかわいがられていたとはいえ、大人同士の恋愛に口を出すようなご両親ではないし、親ならば息子の幸せをいちばんに願っているはずだろう。

私の気持ちを慮《おもんぱか》ってくれたのなら気持ちはうれしいけれど、最良の選択とは言いがたい。

「……確かに、日和が傷つくのを見るのはいやだったけど」

悠生くんは言いづらそうに告げ、ほんの少し逡巡《しゅんじゅん》したあと、意を決したように再び口を開いた。

「――好きになってはいけない人を、好きになってしまったから」

「その相手の女って誰なんだ？」

泰生がじれったそうに訊《たず》ねると、悠生くんの表情が一段と暗くなる。

「……菱沼《ひしぬま》食品のお嬢さんだ」

「菱沼食品だって？」

このときばかりは、泰生も動揺した様子だった。

菱沼食品とは、ゼノフーズと同じくファミリーレストランや居酒屋を全国展開する企業。国内では、ゼノフーズに次いで二番手の立ち位置だ。

最近、すべての系列店を、低価格で高コストパフォーマンスなコンセプトの店舗にして、売り上げを急激に伸ばしている。そのため、ゼノフーズは戦々恐々としていると聞く。

「……だから言えなかった。ただでさえ、両親は娘みたいにかわいがってる日和との結婚を望んでたのに、その日和と別れて、ライバル企業の筆頭である菱沼の令嬢と結婚したいなんて。彼女も——幸歩《ゆきほ》も、親にはとても言えないと。それで駆け落ちすることにしたんだ。家族も肩書きも捨てて、ふたりだけで生きていこうって」

どうして自らの社会的地位まで捨てて、相手の女性と一緒にいることを選んだのか。ようやくわかった。ふたりは、お互いの肩書きを捨てなければ、結ばれない関係だったのだ。

飲食業界においてしのぎを削る二社は、どちらもふたりの結婚を快くは受け入れないだろう。できれば、別の相手を見つけてほしいと願うはずだ。

「で、なんで今さら戻ってきたんだ？　ふたりで生きるって決めたなら、それを貫いたらよかったろ。……暮らしや仕事に困ったとか？」

事情を理解しつつも、泰生がまたそっけなく訊《たず》ねる。悠生くんは首を横に振った。

「選ばなければ仕事はあるし、俺も幸歩も贅沢は望んでいなかったから、慎ましくてもふたりで生活できる分だけ稼げれば、それでよかった。……でも」

悠生くんはそこまで言って私の顔を一瞥《いちべつ》し、ためらいがちに続ける。

「——一ヶ月前、幸歩に子どもができたことがわかった。俺の子どもだ」

——子ども。

もう悠生くんとは別々の道を進み始めたのだと、頭では理解している。けれど、結婚を見据えてお付き合いしていた人からの予想外の一言は、ほとんど癒えていた傷を、なかなかに抉《えぐ》ってくる。

私はいやな感じに高鳴る胸を左手で押さえながら、平静を装うことに必死だった。

「最初はただうれしいだけだった。最愛の人との間に子どもができて、なんて素晴らしいんだろうと。でも……少しずつ、その先のことを考えるようになった。生まれてくる子どもには幸せになってほしい。親である俺たちが家族や周囲との関わりを絶ったままで、本当にいいのかって……子どもの愛される権利を奪うことになる気がして」

愛する女性とふたりだけで生きていくのなら気にしなくてもよかったのだろうけれど、子どもが生まれることになり、事情が変わったということらしい。

私や泰生に後ろめたい内容だからか、悠生くんは視線を俯《うつむ》け、コーヒーカップを見つめてさらに続ける。

「それに、子どもにはいい教育を受けてほしい。そのためには生活を豊かにする必要がある。幸歩とも相談して、それぞれの家との関係を修復していくべきだって結論を出した。それで、まずは俺がきちんと家族に事情を話して、謝って……新しい家族を受け入れてもらおうと――」

「甘いよ、兄貴は」

これ以上は我慢できないといった様子で、泰生が強い口調で遮った。

「甘いし、自分勝手だ。いい大人が突然なんの前触れもなくいなくなって、音信不通になって……周りがどれだけ心配したかわかるか？　母さんは泣いてたし、父さんは怒り狂って『二度とうちの敷居は跨《また》がせない』って……兄貴のせいで、家族はめちゃくちゃだ」

泰生はここぞとばかりに自らの想いを吐き出しているように見えた。弟の彼にしかわからない苦労もたくさんあったのだろう。とてもよく気が付く人だから、ひっそりと家族のフォローもしていたのだと推測できる。

「仕事だってそうだ。好きな女ができたからっていとも簡単に責任を放り出して。これまで兄貴についてきた従業員の気持ちはどうなる？　辞めるにしたって、自分自身の口から伝えるならまだしも、他人の口から専務が俺に変わることを知らされて……兄貴に、というか、うちの会社に失望しただろうな」

「……そう、だな。申し訳ないと思ってる」

泰生の言葉をひとつひとつ噛み締めながら、悠生くんが項垂《うなだ》れる。そんな兄の姿を見るのもつらいのだろう。泰生が悔しそうにため息を吐いた。

「家族や会社のことはもういいよ。兄貴が蒸発した時点でなにも期待してなかったし、これからも期待しない。二十歳過ぎれば親としての責任ももうないし、会社でのポジションも、時間をかければほかの人間でも埋められる。……でも、日和は違うだろ」

泰生が私に視線をくれてから、再び悠生くんに厳しい眼差しを送る。

「日和と五年も付き合って婚約までしておいて、あまりにも不誠実じゃないのか？　傷つく日和の顔が見たくなかったとか言ってたけど、あんなメッセージひとつで黙っていなくなられたら余計に傷つくって思わないのか？　それが婚約者に対する仕打ちかよ」

「……本当に、申し訳ない……」

捲《まく》し立てる泰生に対して、悠生くんはただただ、謝罪の言葉を述べるばかりだ。

この状況では謝ることしかできないのもわかるけれど、そうすると泰生の怒りは増していく一方だ。

「……泰生、ありがとう。もういいの」

私の立場になって意見してくれている泰生をありがたく思いつつ、これ以上ふたりが仲たがいするのを見たくなくて、私はたまらずストップをかけた。

「でも、日和――」

「いいの」

少し強めに被せると、泰生は黙った。

「……ごめんなさい。ちょっと、頭が混乱してて……それにもう営業時間だから、お店に戻らないと」

いろんな話を一気に聞いたせいか、頭がふわふわ、心臓が変にドキドキしている。

きっと佐木さんと奥薗さんのことだから、納得行くまで話しておいでという意図で送り出してくれているのだろうけれど、このままここで彼らと話をしていたら、そのうち我を忘れてしまうのでは、という懸念があった。

「日和」

縋《すが》るような目で悠生くんが私を見る。

きっと彼は、この場で私に許しを請いたかったのだろう。けれど、この一瞬では感情の整理がつくはずもなかった。

「……ごめんね、今日のところは帰って。ご実家には顔を出したの？」

「……いや、まだ。先に日和に謝らないとと思ったから」

そういえばお店に現れたとき、そんなことを口にしていたかもしれない。

「じゃあご実家に帰ってあげて。おばさんはもちろん、おじさんも本当は心配してると思うから」

怒り心頭といえど、行方《ゆくえ》をくらましていたわが子の帰りをよろこばない親はいないはずだ。私が促すと、悠生くんは素直にうなずいた。

「泰生も……今日はこのまま帰るでしょう?」

「……そうだな」

古橋家で長い夜が始まるだろうことは、泰生自身も予感しているみたいだ。

私はふたりを送り出したあとお店に戻ったけれど、いまいち仕事に集中することができなかった。

◆◇◆

翌日——土曜日の昼。泰生から電話があった。「これから兄貴の件で家族で話し合うから、よかったら日和も参加してくれないか」と。これは、ご両親の意向でもあるらしい。

私は急遽《きゅうきょ》、ランチタイムのホールを小淵くんにお願いし、身支度を整えて古橋家へやってきた。

いつ見ても惚れ惚れする豪邸だ。インターホンを押すとお手伝いさんに家の中へ促され、豪華な外門とレンガ敷きのおしゃれなアプローチを通って、重厚な扉に手をかける。

「お邪魔します」

挨拶をしながら扉を引いて中に入ると、すでに泰生が待ち構えていた。

休日だからか、彼は白いシャツに黒いカーディガンとベージュのチノパンを合わせた、リラックスモードの格好をしている。けれど、その表情は硬い。

「入って」

「ありがとう」

天井が高いからか、お互いの声がいつもより響いて聞こえた。パンプスからスリッパに履き替え、リビングに案内される。

リビングにある大きなL字のソファには、ふたりの両親が並んでかけていた。

泰生が空いているスペースに私を促したので、挨拶をしながらそこに座る。

向かい側にあるひとりがけのソファふたつのうちの片方に悠生くんが、もう片方に泰生が座った。それぞれがローテーブルの中心を向いて、顔を合わせる。

「お忙しいところすまない、日和ちゃん」

まずはそう言って、おじさん——ゼノ・ホールディングスの社長を務める唯章氏が頭を下げた。

年齢の割には黒々とした髪と、若いころとほとんど変わらない均整の取れた体形は、彼の厳格な性格を表しているように思う。

いつも険しい表情をしているおじさんだけど、私に対しては悠生くんの件で気が咎《とが》めているらしく、言葉通りすまなそうに眉尻を下げている。

「日和ちゃん、よく来てくれたわね」

「いいえ、とんでもないです」

肩までの髪を茶色に染め、優しげに垂れた目が印象的なおばさんは、普段は笑顔で溌剌《はつらつ》とした女性なのに、このときばかりはおじさんと同じ表情でそう言った。私は首を横に振る。

「……本当に申し訳ない。今回のことで深く君を傷つけた」

「……………」

覇気なく肩を落とす悠生くんは、昨夜会ったときよりもさらに疲れているように感じた。あのあとこの家で、彼の気力や体力を削《そ》ぐようなやり取りがあったことが推測できる。

「うん」とも「ううん」とも答えられなかった。否定すればうそになるし、肯定すれば必要以上に彼を追い込んでしまう。

返事に困っていると、悠生くんに倣《なら》うように、おじさんとおばさんが揃って頭を下げた。直後、おじさんが改めて謝罪の言葉を述べる。

「日和ちゃんにはなんて謝ったらいいか……とにかく、申し訳ない。不出来な息子で」

「いいえ、あの……顔を上げてください。おじさんやおばさんに謝っていただくことではないので」

悠生くんが行方《ゆくえ》不明になった直後から、ふたりは私のことを気遣い、頭を下げ続けてくれている。けれど、幼いころからよくしてもらっている彼らに悪感情を抱くわけがないし、彼らにとっても寝耳に水の出来事だっただろうから、むしろ気に病んでいないかと心配に思っていたくらいだ。

私が言うと、ふたりはおずおずと顔を上げた。そして、どちらからともなく顔を見合わせたあと、またおじさんが口を開く。

「昨日、悠生と少し話したと聞いているけれど」

「はい……悠生さんが駆け落ちしたことや、そのお相手のこと……あと、お子さんができたってことも、伺いました」

「そうか……」

ふたりもそれらの現状は把握しているようだ。極力感情を出さないよう淡々と羅列《られつ》すると、おじさんが顔を顰《しか》めてうなずく。

「おふたりも、悠生さんから直接お聞きになったんですよね？」

「ええ……急に帰ってきたものだから、私しかいなくて……急遽《きゅうきょ》主人を呼んで、四人で」

おばさんが悠生くんと泰生に視線を送ると、泰生が皮肉っぽく笑いながら口を開いた。

「すべてを捨てて菱沼食品のご令嬢と駆け落ちしたはいいけど、子どもができて行く先が不安になったから、ゼノフーズの専務に返り咲きたい。子どもを盾にして正式に結婚も認めてもらいたいって、そういうことだよな？」

「泰生」

おばさんが困惑した様子で泰生を窘《たしな》めようとするけれど、彼は毅然《きぜん》と首を横に振る。

「間違ったことは言ってないつもりだよ。でもそんな風に都合よくはいかない。父さんだって許すつもりはないんだろ？」

「…………」

「父さん？」

泰生が怪訝《けげん》そうに問い質《ただ》すと、おじさんはもう一度おばさんと顔を見合わせてから、切り出した。

「昨日、悠生からすべての事情を聞いたあと、相談したんだが……正直、まだ悠生を許せない気持ちはある。お前の無責任な行動に周囲が振り回されているのは事実だ。だから、簡単に許してはいけないと思う」

それまで鋭い視線で悠生くんを見据えていたおじさん。けれど、その瞳がほんの少しだけ優しくなる瞬間を、私は見逃さなかった。おじさんが小さく息を吐いて続ける。

「……だが、相手の女性が身ごもっているというなら、責任を取らなければならない。悠生、お前のせいで相手の女性やその子どもが不利益を被ることになってはいけない」

泰生の眉がぴくりと跳ねた。膝の上に置かれていた彼の拳に、ぐっと力が入ったのがわかる。

「そのために然《しか》るべき立場が必要だと言うなら、もう一度チャンスを与えてやるべきなのかもしれない……とも、思っている」

「父さん！」

遮るように泰生が叫んだ。

「どういうことだよ？　あれほど兄貴を許すつもりはないって言ってたのに」

「もちろん今でもそう思ってる。でも、そのときとは状況が違うだろう。生まれてくる子どもに罪はないのだから……守ってやらなければ」

「父さん……」

憂色《ゆうしょく》が晴れたとばかりに、今度は悠生くんがつぶやいた。彼はおそらく、自分の望みが叶わないことも覚悟していたのだろう。だから、思いが通じてうれしい、との素直な感情を一切隠さない声色だった。

「ただ、それには条件がある。私たちはやはり、日和ちゃんの気持ちを汲《く》むべきとも考えている」

その場にいる全員の視線が、私のもとに集まった。

「瀬名さんとは長い付き合いだったし、日和ちゃんのことはわが子同然に思っている。もし日和ちゃんがどうしても悠生のことを許せないと言うのなら、私たちもその気持ちに沿って、悠生の結婚や復職を許したくはない。……どうだろう、悠生たちのこと、君はどう思っている？」

「…………」

――どう思っている、と訊《き》かれても。

「思っていることを率直に教えてほしい。悠生のしたことは君にとってひどい裏切りだ。許せないと思うとしても当然だろう」

つまり、私の答えで、悠生くんがどうなるのかが決まる、ということだ。

悠生くんからの視線が痛い。当然だ、自分や彼の妻になるだろう女性と、大切な子どもの処遇が決まろうとしているのだから。

「…………」

「日和に決めさせるなんて……そんなのあんまりだ」

絶句していると、泰生が身を乗り出した。

「この状況で、兄貴たちの運命を日和に決めさせるなんて間違ってる。俺には……父さんが日和が優しい性格だって知ってて、その優しさに付け込んでるようにしか見えない。日和を呼んだのは、それを了承させて結婚の話を進めるためだったのか？」

「泰生、少し落ち着きなさい」

おじさんが泰生を黙らせようとするけれど、彼は我慢ならないとばかりに立ち上がった。

「俺は納得できない。日和を傷つけて、会社を放り出した兄貴をすんなり受け入れるなんて」

そう言うと、泰生はこちらへやってきて、強引に私の手を取った。

「――日和、答える必要も、こんな茶番に付き合う必要もない。行こう」

「泰生！」

ほかの三人が立ち上がるよりも早く、泰生は私を立ち上がらせた。そのまま私の手を引いて、玄関に向かっていく。

「……ご、ごめんなさいっ」

私は彼らを振り返り、頭を下げながら――そのまま、家の外へと連れ出されたのだった。


泰生がようやく足を止めたのは、近所にある公園だった。

遊具から少し離れた木製のベンチの前で立ち止まると、私の手を放す。

「あの、泰生……？」

「悪かった。つい頭に血が上って……でも、あのままではいられなかった」

彼は苛立ちのままに後頭部を掻いたあと、ベンチに座り込んだ。

「だってそうだろ？　日和に許してもらえたら兄貴の結婚を認めるなんて……そんなのおかしい」

唇を噛む様子は、まるで自分のことのように悔しがっているみたいだった。

「……泰生、ありがとね」

そんな泰生の気持ちがうれしくて、自然と感謝がこぼれる。私は彼のとなりに腰かけて、微かに笑った。

「昨日もだけど、私が思ったこと全部言ってくれて、うれしかった。……あんな事情を聞かされて、許さないなんて……おじさんたちの前で言えるわけないもんね」

正直なところ、私もおじさんの話はちょっとずるいと感じた。悠生くんのことも、相手の女性のことも……非難したい気持ちはあるけれど、お腹にいる赤ちゃんにはまったく関係のないことだ。許す以外の選択肢は存在しないように思われる。

泰生は身体ごと私のほうへ向け、ただただ申し訳なさそうに視線を俯《うつむ》けた。

「ごめんな。……兄貴も、うちの家族も、寄ってたかって日和のこと傷つけて」

「ううん、謝らないで。悠生くんのことはともかくとして、ご両親の気持ちはわかるし」

思いもよらない相手との結婚や妊娠だとしても、わが子が選んだ人ならば祝福したいのは理解できる。むしろ、私のことを多少なりとも気にかけてくれて、逆に感謝すべきなのかもしれない。

「……自分の気持ちに気付けた、いいきっかけになったし」

「え？」

「ううん、なんでもない」

思考が意図せず声になってしまっていたようだ。私は慌てて片手を振った。

昨夜にしても、今日にしても。本当なら、私はもっと腹を立ててもいいはずなのだ。

悠生くんがお店にやってきた瞬間に、平手打ちの一回や二回、してもおかしくなかったし、おじさんが言ったように、許せないなら許せないと、はっきり言葉にしたってよかった。それが婚約者に裏切られ、連絡を絶たれた人間の正しい反応のように思う。

だけどそうしなかったのは、私の中で悠生くんとの恋愛はもう終わっていて、再び始まることはないのだと確信していたからだ。

悠生くんを許すも許さないもない。彼が別の人を好きになったのなら、それを受け入れるしかないし、会わなかった間に私の気持ちが彼から離れてしまったこともまた、受け入れてもらうしかない。

……まぁ、悠生くんを想って泣いた夜を思えば、恨み言のひとつやふたつ、言ってやりたい気持ちはあるけれど。今さらどうにもできない過去のことをあれこれ言っても仕方がない。

どうせ言葉を交わすなら、私と悠生くん、それぞれが気持ちを切り替えて前進できるような内容のほうがずっといい。

「――ね、泰生。私は、悠生くんが好きな人と結婚して子どもを授かること、ちゃんと祝福できるつもりだよ」

初めて「子どもができた」と聞いたときは、いきなりすぎて動揺してしまったけれど、冷静に考えると、好きな者同士が一緒にいれば、そういう展開もあり得るのだ。

「でも最後に、悠生くんとふたりきりで話す時間……もらってもいいかな？」

このまま──気まずいまま終わりにはしたくない。五年間もいちばん近くにいてくれた人だし、この別れが彼の一方的なものではなくなったことを伝えるためにも、必要な時間だと思った。

「……それは、もちろん」

少しだけ意外そうに目を瞠《みは》ったあと、泰生がうなずく。

「ありがとう。ちゃんと話したかったの。私の気持ちも、全部正直に伝えて……終わらせたい」

「…………」

泰生の瞳が不安げに揺れた気がしたけれど、それもほんの一瞬のこと。

「帰ったら兄貴に伝えるよ。……つらい思いさせて、本当にごめん」

「だから、泰生のせいじゃないって」

泰生が神妙な顔でこうべを垂れた。何度も謝ってくれるのはありがたいけれど、泰生を責めたいわけじゃない。私は敢《あ》えて声を立てて笑ってみせる。

というより──私が悠生くんとの別れを取り乱すことなく受け入れることができたのは泰生のおかげなのだから、どのみち感謝しかないのに。

「──いつもありがとう。……心配しないで。私、ちゃんと言いたいこと言って、お別れしてくるから」

「無理するなよ。泣きたくなったら、ちゃんと俺のところに泣きに来て」

「うん」

まだ少し心配そうな眼差しの彼にうなずきを返しつつも、涙することはないだろうという確信があった。

……だって、これは私自身が新たな恋を始めるためのけじめなのだから。

◆◇◆

翌日、『フォルトゥーナ』の営業終了後。無人になった店に悠生くんを呼んで、カウンターにとなり合わせで座った。

「よかったら、一緒に呑もう」

「ありがとう」

私は彼が好きだった白ワインを出した。モスカートの甘口は、普段甘いものを好まないはずの悠生くんが不思議と気に入っていたものだ。グラスを軽く掲げて乾杯をする。

「悠生くんとここで呑むの、久しぶりだね」

ひと口呑んでグラスをカウンターに置き、私から切り出す。

「……そうだね」

「仕事帰りに、たまに寄ってくれたよね。……なんだか、ずいぶん昔のことみたい」

忙しいときも、私の様子を気にしてお店を覗いてくれるのがうれしかった。こうやって、閉店後にお酒を呑んだりご飯を食べたりすることも多かった。もはや懐かしく感じる。

「——まずはごめんなさい、呼び出したりして」

ふたりで過ごした日々に思いを馳《は》せるのはここまで。私は意識的に口調を改めた。

「いや。……それを言ったら、俺のほうがいくら謝っても謝り足りないから」

そんな私に恐縮した様子で、悠生くんも手にしていたグラスをカウンターに置いた。

「昨日、中途半端になっちゃったから、ちゃんと話がしたくて」

私はまっすぐに彼の目を見て言った。

「……昨日は、ごめん。日和が答えにくい感じになっちゃって。俺も、ああいう展開になるとは……」

「悠生くん、帰ってきてから謝ってばっかりだよね。でももういいよ、謝らなくて」

昨日からずっと、悠生くんの申し訳なさそうな顔しか見ていない。彼の心情を思えば当然なのだけど、私は敢《あ》えておどけて言った。

「半年前、いきなり悠生くんに別れを告げられたときのこと、まったく怒ってないって言ったら、それはうそ。今でも思い出して腹が立つことはあるし、私に隠れてほかの女の人と会ってたなんて、って悲しくなったりして」

「……ごめん、日和」

「だから謝らなくていいんだって。もう私にとって、過去のことにしたんだから」

どんどんスーツの背中を丸めてしまう悠生くんの肩をぽんと叩く。

「そういう、腹が立ったり、悲しくなったりっていうのも……時間が経つごとに少しずつ薄れてきたし、悠生くんに好きな人がいて、ましてやその人との間に子どもができたなんて聞いたら、応援しなくちゃいけないと思ってる」

半年経って、悠生くんのいない生活が日常になったから、私は決してやせ我慢をしているわけじゃない。

お付き合いする以前も、彼は大切な幼なじみのひとりだった。こういう結果になったとしても、幼なじみとして彼の幸せを願う気持ちは存在するのだ。

「それにね、別れの原因は悠生くんだけにあるとは思ってないよ。思い返してみたら、私も自分のお店のことで頭がいっぱいで、かなり結婚を待たせちゃってた。そこに関しては申し訳ないと思ってるし、それが心変わりのきっかけになったなら……仕方がないって思える、かな」

早く家庭を持ちたがっていた悠生くんをさんざん待たせていた自覚はある。待ち疲れていた隙間に、ちょうどその女性が入り込んできたのだとしたら、どうしようもないことだったのかも。

「――おじさんたちに伝えて。私のことはもう大丈夫だから、これからは悠生くんの奥さんになる人と、生まれてくる赤ちゃんのことを最優先に考えてくださいって」

迷いはいっさいなかった。私がきっぱりと言い切ると、悠生くんが面食らったように大きく目を見開く。

「日和……本当に？」

「言ったでしょ。もう私にとって、付き合ってたのは過去の話だから。悠生くんがくれた『さようなら』ってメッセージ、別れるって意味だよね。……私、この半年でちゃんと受け入れて、もう前だけ向くって決めたんだ。悠生くんも、私のことは振り返らなくていいよ」

もっと泣かれたりなじられたりするとでも思っていたのか、悠生くんはしばらく放心状態だった。

やがて唇をきゅっと結び、やや茶色味を帯びた瞳を潤ませる。泰生とは違う、ほくろのない目元。

「……っ、俺、なんて言っていいか……でも、ありがとう」

感極まった様子の悠生くんの肩をもう一回叩く。どういたしまして、の意味を込めたつもりだ。

——ちゃんと顔を合わせて、言いたいことを言えてよかった。

「私ね、悠生くんにひとつ感謝してることがあるんだよ」

そして。私にはまだ、彼に伝えておかなければいけないことがあった。

「感謝？」

「うん。……私をずっと見ていてくれた人の存在に、気付かせてくれたこと。多分、今回のことがなかったら、永遠に知らないままだったかも」

私たちが別れなかったら、その人はずっと自分の気持ちをしまい込んだままでいたに違いない。

彼を異性として意識して、恋することができたのは……悠生くんのおかげとも言える。

「……泰生だよね」

すると悠生くんは、さほど不思議がるでもなく、すんなりと弟の名前を挙げた。

「知ってたの？」

私が訊《たず》ねると、彼は「知ってたよ」とうなずいた。

「——多分、俺が好きになるよりも前から、あいつは、日和のことを想ってた。でもそれを、誰にも打ち明けていなかったみたいだね」

彼は思い出すように手元のワインをひと口呷《あお》って、私に優しく微笑みかけた。

「俺と日和が付き合い始めたきっかけ、覚えてる？」

「うん、もちろん。私の誕生日に食事に誘ってくれて、告白してくれたよね」

父が亡くなって、四十九日が終わったころだった。なんだか一気に力が抜けて、さらに落ち込んでしまいそうだったから、久々に気持ちの晴れる、うれしいお誘いだった。

「あれって、本当は泰生が先に誘おうとしてたんだ」

「……そうなの？」

知らなかった。私が小さく息を呑むと、悠生くんが「ああ」と相槌《あいづち》を打つ。

「でも俺に譲ってくれって頼んだ。日和を支えるために、告白したいからって」

当時を思い出すように目を細め、ふっと吐息を漏らして笑う。

「泰生は不服そうな顔してさ。すごくいやそうだったけど……告白して断られて、気まずくなるのも困るとか、そういうこと考えてたんだと思うよ。日和と泰生、すごく仲がよかったからね。あいつの気持ちはわかってたけど、照れ隠しで気のないふりしてたから……なかば強引に譲ってもらったんだ」

「……そんなことがあったんだ」

泰生から直接、今まで私への気持ちを黙っていた理由を教えてもらったことを思い出した。『関係を壊したくなくて、言えなかった』……確かに、そんな感じの内容だったな。

「あいつは俺たちが付き合ってる間も、日和だけを見てたってわけか。……すごいね」

私もワイングラスを呷《あお》ってから、同調してうなずいた。

……すごいと思うし、苦しかっただろうとも思う。好きな人が自分の兄と並んでいる姿を見るのは、本人も言っていたように、だいぶつらかったはずだ。

「俺が訊《き》くことじゃないのかもしれないけど……泰生のこと、どう思ってる？」

訊《き》くかどうか迷う様子を見せつつ、悠生くんが控えめにそう言った。

「……好きだし、大切だよ。この半年、泰生がいなかったら、自分がどうなってたかわからない。恩人だし、心から感謝してる」

悠生くん相手にもはっきりと断言できるくらい、私の気持ちは固まっていた。

いつも、心もとないときにそばにいてくれたのは泰生だったし、今回の、悠生くんを交えて話をしたときも、一貫して私のつらさを代弁し、味方でい続けてくれた。

……そんなブレない優しさに触れ、彼のことを、もっともっと、好きになってしまった。

「……そうか」

私の告白に、悠生くんは少しも驚いた様子は見せなかった。

ひょっとすると、私と泰生のやり取りを見て、そんな雰囲気を感じ取っていたのかもしれない。

「だから、これからは好きな人のお兄さんとして、よろしくってことで」

「……本当にありがとう、日和」

——あ。悠生くんのリラックスした笑顔、久しぶりだ。

彼もきっと、一度は決別した場所へ顔を出すのは勇気が要《い》ったのだろうし、逃げ出したい気持ちでいっぱいだっただろうけれど、そういう顔を見せてくれるということは……もう大丈夫、かな。

「ね、悠生くん。今悠生くんが好きな人って、どんな人なの？」

私はふと気になったことをそのまま口に出した。反応に困っている悠生くんに、ぶんぶんと両手を振る。

「あっ、これはもちろん、幼なじみとしての質問ね。世間話」

大手企業のお嬢さんならば業界的には有名人なのかもしれないけれど、一飲食店のしがない経営者でしかない私が知るはずもない。彼がどんな人を選んだのか、幼なじみとしては気になる。

私の意図が伝わったようで、悠生くんはちょっと考える素振《そぶ》りをしてから、笑みを湛《たた》えてうなずいた。

「そうだな……幸歩はおとなしくて優しい子だよ。純粋で、でもちょっと脆《もろ》くて……つい守ってあげたくなるような」

幸歩さんは私よりひとつ年下の二十五歳。菱沼食品の秘書課で働いていた人らしい。

箱入り娘で、おっとりとしていて。話を聞く限りでは、私とは全然違うタイプ。むしろ彼と似ていて気が優しく、繊細な印象を受けた。

「出会いはいつ？」

「ちょうど一年くらい前かな。同業者との会食で初めて会ったときから、お互いに相手のことが気になって……俺には日和がいるって必死に自分に言い聞かせてたんだけど……ブレーキが利かなかった。こんなこと初めてで、自分でも戸惑ったよ」

「悠生くんは真面目だもんね。でも理性が利かなくなるくらいに惹かれるって、すごいなぁ。運命って感じ」

私の知る悠生くんは理性的で慎重派。よほどのことがなければ二股をかけようなんて思わないはず、と信じている。そんな彼が身も世もなく夢中になったのだから、きっと魅力的な女性なのだろう。

しかし私ってば、いくら仕事に集中していたとはいえ、よく気付かないでいられたものだ。

土日はたいてい外出先からメッセージをくれるのも、お店の定休日の夜にしていたデートの回数が減ったのも、あまり気に留めていなかった。

「お互いに立場もあるし、日和のこともこれ以上裏切りたくなかったから……一度は関係を終わらせようとしたんだ。そしたら幸歩が、『別れるくらいなら駆け落ちしたい』って。それまで彼女がそんな風に強い意志を示したことなんてなくて……で、俺も決心したんだ。すべてを捨てても一緒にいたいと言ってくれる彼女と、ともに生きていこうって」

「そっか……」

幸歩さんもきっと、障害の多い恋であると知りつつも、それでも貫きたい気持ち——悠生くんを好きだという気持ちが勝ってしまった。そんなところだろう。

——私が幸歩さんと同じ立場だったとして、なにもかもを投げ捨てて悠生くんを選ぶことができただろうか？

……答えは否。私にはほかにも大切なものがたくさんある。お店、従業員、お客さま。それらを大切にするあまり、悠生くんとの結婚に踏み切れなかったのだから。

悠生くんも、きっと幸歩さんの想いの強さに打たれたことだろう。だから私ではなく、彼女を選んだに違いない。

「ごめん、なんかこんな話」

「ううん。私が聞きたくて聞いたの」

元カノに聞かせる話ではないと思ったのか、悠生くんが眉尻を下げた。

……彼の素直な気持ちを聞けてよかった。なんだかすごく、腑に落ちた気がする。

「これから……お家同士の話もあると思うけど、子どものためにも負けないで、頑張って。陰ながら応援してる」

悠生くんたちにはまだまだ越えなければいけない壁がある。私の激励に、悠生くんがまた瞳を潤ませた。

「……日和にそう言ってもらえるのがなによりもうれしいよ」

悠生くんは言葉通りのうれしそうな顔で微笑んだ。ちょっと恥ずかしそうなそれは、私がいちばん好きだった彼の表情だ。

「今までありがとう、悠生くん」

「こちらこそ……今までありがとう、日和」

終わってしまった恋だけど、かつては彼しか愛せないと思える瞬間もあったし、いくつか考え方の違いはあったにせよ、一緒にいられて楽しかった。

お互いに感謝の言葉を述べながら乾杯し、今度はかちんとグラスの縁《ふち》を合わせる。

その音は、私たちの関係が、恋人からただの幼なじみへと正式に戻る合図となったのだった。

4

「お待たせしました～、チーズの盛り合わせですっ」

店内奥のテーブルに、赤ワインに合うチーズをセレクトした盛り合わせを提供したあと、空いた器を抱えてカウンターに戻る。

五年以上にもわたる恋愛を終わらせて、約ひと月。週末を控えた今夜、『フォルトゥーナ』は満席で営業していた。

「すみません、ワイン同じものを」

「かしこまりました！」

そばのテーブルの女性がグラスの赤のおかわりを頼んだので、新しいグラスを用意した。彼女が頼んだのは、今日のおすすめであるカベルネ。

「日和さん、今日は大盛況ですね」

オーダーのあったテーブルにワインを持っていこうとしたところで、アルバイトの小淵くんが話しかけてきた。

「そうだね。金曜日だからっていうのもあるけど……プチ歓迎会みたいなグループもいるよね」

四月中旬は新生活が始まった直後なので、歓迎会の時期だ。うちのようなこぢんまりしたお店では、同じくこぢんまりとした規模感の歓迎会が行われているようだ。会話の内容や雰囲気で、なんとなくわかる。

「新年度始まったし、小淵くん、サークルの歓迎会とかないの？」

大学生は、この時期サークルの勧誘で忙しい時期ではないのだろうか。ふと気になって訊《たず》ねると、彼はおかしそうに笑った。

「ほとんどのサークルって三年の秋ぐらいには引退ですすよ。とか言いつつ、オレはずっとバイト命だったので、入ったことないんですけど」

「そうなんだ。友達に誘われたりしなかった？」

「しましたけど、バイトのほうが稼げるので」

——そういうものなのか。かく言う私も、お店の手伝いがあったからサークルには入らなかったけれど、泰生のフェンシングサークルを応援しに行ったり、その飲み会に参加させてもらったりと、楽しい時間を過ごさせてもらった。

「うちは助かるけど、サークルでしかできない経験とか出会いとかもあるんじゃない？」

「その経験っていうのが、一体感とか達成感とかなら、バイトも同じだと思うんですよね」

小淵くんが小さく頭を揺らしてマッシュの前髪を整えたあと、持論を述べる。

「出会いに関しては——」

そう言いながら、私の目をじっと覗き込んできた。人懐っこい目が笑みの形に細められる。

「……バイトにしかない出会いもありましたよ？」

「……？」

――なに？　その意味深な笑みは。

「すみませーん、ワインまだですか～？」

「はい、今お持ちします！　少々お待ちください！」

声を上げたのは、ワインをオーダーしたお客さま。その声を聞きつけると、小淵くんはにこやかに答えて私の手から赤のグラスを攫《さら》った。そして、自身が片手で抱えていたトレンチの上に載せて持っていってしまう。

「なんですか～、さっきの、変な間」

「わっ！　……奥薗さんっ、びっくりした……」

厨房からぬっと現れたのは奥薗さんだ。

いきなり背後から出てくるものだから、大きな声が出てしまった。けれど、店内はアルコールの魔法がかかっていることもあり、お客さまの声で賑わっているから、さほど悪目立ちすることもなかった。

「前々から気付いてたんですけど、ブッチって日和さんのこと、チラチラ見てること多いんですよね」

「え？　そんな、気のせいじゃないですか？」

心当たりのないことだ。なのに、奥薗さんは瞳をきらりと光らせて、微かに笑う。

「私の勘ですけど、多分ブッチ、日和さんに気があるんじゃないですかね～」

「まさか、そんな」

小淵くんが、私を？　……いやいや。

「――小淵くん、まだ大学生ですよ。歳が離れすぎてます」

「二十一とか二十二でしょう？　日和さんと四、五歳しか違わないじゃないですか。全然、余裕です」

「ええ？」

余裕なんて言うけれど、さすがにそれはないだろう。

……というか、小淵くんは顔も整っているし、いかにも今どきの若い子という感じ。お客さまから彼の連絡先を訊《き》かれたことも一度や二度ではないので、多分モテるのだろう。私に気があるなんて勘違いされるのはかわいそうだ。

「泰生くんったら、一体どうしちゃったのかしらね。このひと月、ほとんどお店に姿を見せないで。うっかりしてると、チャラチャラした若造に日和さんを取られちゃうわよ」

頭の中で冷静に突っ込む私をよそに、奥薗さんはあくまで自身の勘を信じるつもりのようだ。最近めっきりお店に来る回数の減った泰生を引き合いに、そんなことを言い出す。

「いやだな、奥薗さん。だから私と泰生は、そんなんじゃないです」

「さんざん仲のいい姿を見せつけられたあとで、説得力ありませんよ」

「……あはは」

自分でも無理があると自覚している。いくら幼なじみとはいえ、多忙な彼のスケジュールを思えば不自然なほど、頻繁にお店へ訪れていたのだから。

「お店の外では、さすがに会えてるんですよね？」

「……それが」

私は首を横に振る。すると、奥薗さんが「えっ」と声を漏らした。

「忙しいんですか？　それとも、身体の調子が悪いとか？」

「連絡もあまり取れてないので、なんとも……」

近ごろはメッセージアプリでの応酬も減った。電話も然《しか》り。今までは泰生のほうから連絡をくれていたのに、途絶えてしまったということは、今はそれどころではないのだろうと思って様子を見ているところだった。

「え、どうしてです？」

「どうしてなんでしょう。私も知りたいです」

……本当、私のほうが知りたい。どうして急に、連絡をくれなくなってしまったのか。

「――多分、忙しいんだと思います。悠生くんが戻ってくることになって、またそこでいろいろ調整もあったみたいなので」

というより、そう思いたい――というほうが正しい。

あのあと、私の許しをもって両親からの許しも得た悠生くんは、ゼノフーズの専務へと返り咲いた。当然ながら、彼の部下からの多少の反発はあったようだけれど、もともと横暴なところもなく、従業員と上手くやっていたタイプだったから、泰生のフォローもあってすぐに鎮静化したと聞いた。

結婚についても、お腹の子の成長は待ってくれないため、着々と準備を進めているらしい。最大の難関であった、幸歩さんのお父さん——菱沼食品の社長にも、なんとか結婚の承諾をもらえたそうで、これには、本人たちがいちばん驚いていた。やはり、娘とその子どもの幸せを思ってのことだろう。

意外にも、唯章氏と菱沼社長が意気投合して、ゼノアグリの質のいい野菜を菱沼食品の店舗でも安く卸《おろ》そうと契約を進めたり、ふたりともお酒が趣味ということで、共同出資して本格的なショットバーのチェーン店を作ってみようか、なんて話も出たりしているらしい。「まさに案ずるより産むが易《やす》しだよな」と泰生が言っていたっけ。

それが四月初旬に、久々に彼と電話をしたときに得た情報だ。以降はメッセージだけのやり取りに留まっている。

「それにしても、日和さんは立派ですね」

もやもやしていると、奥薗さんが感心した様子で言った。

「自分を裏切った婚約者の恋路を応援するなんて、なかなかできることじゃないですよ。聖人です」

「大げさですよ。そんな大それたものじゃないです」

滅相もない。私は素早く首を横に振る。

「……運命の相手じゃなかったんだと思います。私も私で、お店のほうに一生懸命で彼との結婚を引き延ばしてましたし、仕事の考え方でも少し違うなと感じる部分がありました」

最初は悲しくなったり、寂しくなったり、腹立たしくなったり。感情の起伏が激しくて大変だった。悠生くんとは合わなかったのだと納得できるまで、それなりに時間を要したわけだから、立派でも聖人でもないのだ。

「日和さんはお仕事のこと、なによりも大切にされてますものね」

「はい。多分私は、そういう部分も含めてわかり合える相手のほうがいいみたいです」

脳裏に浮かぶのは、たったひとり。私をずっと想い続けてくれた人の顔。

――泰生。どうして急に、会いに来てくれなくなってしまったの……？

私はお店の扉を一瞥《いちべつ》する。泰生がやってくるのは、ほとんどがオープン直後から一時間程度の間。今日はもう二十時を過ぎているし、彼がこの扉をくぐることはないだろう。

わかっていても、どこかで期待してしまう。仕事を終わらせた彼が、「今日は疲れた」なんて言いながら、カウンターに座る姿が見られるのでは、と。

知らないうちに、なにか悪いことをしてしまっただろうか。

それで、心変わりしてしまった？

これだけ長い間――別の人とお付き合いをしている間も、私を見つめ続けてくれたのに？

……そんなの考えたくない。

私、まだ泰生に大切なことを伝えていない。悠生くんがふらりと帰ってきたあの瞬間、私が伝えようとしていたこと。

――泰生を好きになったってこと。こんな私でいいなら付き合いたいってこと。

「……さん、日和さん？」

「あ、いえ」

奥薗さんに名前を呼ばれてハッとする。いけない。ついつい気を散らしてしまった。

……変な私。よほどのことがない限り、仕事中に別のことを考え込むなんてなかったのに。

「すみませーん。注文いいですか？」

「はいっ！」

また別のテーブルから声がかかった。きちんと仕事モードに切り替えて集中しないと。

私は自分を奮《ふる》い立たせるように力強く返事をしつつ、オーダーを取りに向かった。

■□■

——初めての恋愛というのは、とかく忘れがたいものなのだろうか。

わずかに残っていた桜も散り切ったころ。仕事を終えて自宅に帰った俺は、早々に自分の部屋に向かった。

帰宅直後はすぐ着替えるのが習慣だ。それがオンオフを切り替えるスイッチのような役割を持っている。堅苦しいスーツを脱ぎ、身軽なスウェット姿になった俺は、スーツの上着のポケットに入れていたスマホを確認する。

……二十二時前。『フォルトゥーナ』はまだ営業中だ。

メッセージアプリを開いて、日和の連絡先をタップした。店は二十三時までだから、あと一時間すれば彼女もひと息つけるのだろう。

──今日少し、電話で話せるか？

そうメッセージを入れて送信ボタンを押そうとしたけれど、悩んだ末、入力欄のメッセージをすべて消して、アプリを閉じた。

……もう弱みに付け込むような真似はしないと決めたのに、すぐに気が急《せ》いてしまう。

俺はスマホを持ったままベッドに腰を下ろし、大きく息を吐いた。

本当は今すぐにでも店まで会いに行きたいし、くだらないことでもいいから彼女と会話を交わしたい。笑顔が見たい。

でも、まだだめだ。俺はいろいろと、結果を求めるのが早すぎる。兄貴を忘れるのをずっと待つと約束したのだから、有言実行しないと。

密かに、日和の気持ちが自分に傾いてきているという手応えと、自信を感じていた。

店に顔を出すと快く迎え入れてうれしそうに笑ってくれたし、会えない日は夜の電話にも付き合ってくれた。休みができると真っ先に俺に連絡をくれて、日帰り旅行もした。

日和はいつも「泰生がいてくれてよかった」「ありがとう」と感謝の言葉を述べてくれていたから、願い通りに、俺こそが彼女を支えられる存在になったのだとうぬぼれていた。

けど……一ヶ月前のあの夜。突然帰ってきた兄貴を見た日和の顔が、脳裏にチラついて離れない。

必死に態度に出さないようにしていたみたいだけど、付き合いの長い俺にはわかる。明らかに動揺していた。

もちろん、婚約者だったのだから感情を激しく揺り動かされるのは当たり前のこと。むしろ正しい反応だ。

にもかかわらず彼女は平静を貫き、取り乱さないようにとかなり自分自身を抑えつけているように見えた。それはまるで、「自分はそこまで気にしていないですよ」というポーズだ。そんなことする必要はないのに。

日和は昔から、強がりで我慢強いところがある。転んで足を痛めても「平気だ」と言っていたくせに、翌日病院を受診したら骨が折れていたとか。皆勤賞を目指していた年、どう見てもフラフラで登校してきたくせに、予鈴が鳴ると急に背筋を伸ばして普段通りに授業を受け、放課後またぐったりしていたり。

そういう過去の彼女を知っているから、今回もすぐに同じだとわかった。

つまり、日和は激しく揺さぶられているわけだ。そう認識した瞬間、奥歯をギリッと鳴らしたくなるような悔しさがこみ上げてきた。

日和の中で、今いちばん大きな存在になりつつあるのは俺だろうと思っていたけど、勘違いだった。

彼女はまだ、兄貴を想っている。だからなんでもないふりをしていたのだ。

他人の気持ちを操ることができたなら、どんなにいいか。その力が宿ったなら、兄貴のことなんてすぐに切り離して、俺だけを愛してもらうのに。

その兄貴については、よもや日和とやり直したいなんて言い出すのではとヒヤヒヤしていたけど、まさか子どもができたなんて報告だとは思わなかった。俺も一瞬、言葉を失った。

兄貴の子なら俺にとっては甥《おい》か姪《めい》なわけで、おめでたい話なのだけど、こういう状況では手放しでよろこべない。話を聞きながら、複雑な気持ちだった。

一度は家も仕事も婚約者も捨てて蒸発したくせに、子どもを育てるための土台が欲しいからといって実家を頼るのは、あまりに厚顔無恥じゃないだろうか。

兄貴だって、人の気持ちを汲《く》めるタイプの人間だから、理解しているはず。それでもなお許しを乞うのは、愛する人と、授かったわが子に対する責任感か。

結果、真面目な長男に期待をかけていた両親はあっさりと折れ、いちばん傷ついたであろう日和の許しをもらって仕事に復職。先方の親御さんとの話もついて、結婚に向けて具体的に話を進めているところらしい。

両親——特に父親が、最初のころ「家の敷居は跨《また》がせない」と憤っていたのはなんだったのか。結局は、わが子がかわいいのだろう。

兄貴には「泰生にも本当に迷惑をかけた」と何度も謝られたけれど、正直俺のことはどうでもいい。

優等生で、今まで感情を爆発させたことのなかった兄貴が駆け落ちしてしまうほどなのだから、かなり精神的に追い詰められていたのだと思うし、どんなに腹が立っても家族は家族。たったひとりの兄が弟の俺にここまで必死になって謝罪してくれるなら、許さないわけにはいかない。

……だけど、日和を傷つけたことだけは、どうしても許せない。

俺がこの五年間、兄貴に抜け駆けせずにふたりを見守ってきたのは、自分自身が日和に受け入れられなかったときに気まずくなるのがいやだったのもあるが、兄貴にならば、日和を任せても安心だと思っていたからなのだ。それをこんな形で裏切られるとは思っていなかった。

「………」

少し――いや、かなり気になっていることがある。

日和は最後に兄貴となにを話したのだろう？

最後だし、自分の気持ちをとことんぶつけたんだろうか？　今さら兄貴の気持ちが戻ってこないとは知りつつも、自分の想いを訴えかけた？

――なにを告げたのだとしても、兄貴はやっぱり菱沼食品のお嬢さまとの結婚を決めたわけで、日和の期待には応えなかったことになる。

日和の中には、まだ兄貴の存在が根を張っているはずだ。

兄貴を完全に忘れるその日まで、引き続きそばにいることで彼女を支えたいし、元気づけたい。

あわよくば彼女の華奢《きゃしゃ》な身体を抱きしめて、かわいらしい唇にキスしたい。

……俺はまた、同じ轍《てつ》を踏もうというのか。

彼女がボロボロに弱っているときに、どうしても自制が利かずに彼女に迫ってしまったことを思い出して、心底情けなくなる。

俺にとっては最高に幸せだったあの瞬間も、時間が経てば経つほど、精神的に弱っているところに付け込んだみたいで、よくなかったと反省した。そんなつもりはなかったけれど、あれでは自分の欲望のままに日和を求めてしまったみたいじゃないか。

日和を想うと、もっと距離を詰めたいとか、彼女に触れたいという衝動を抑えきれなくなってしまう自分が恨めしい。

冷静になれ。俺の気持ちが一過性でないと証明するためには、急ぎすぎてはいけないのだ。

——身体だけじゃなくて、心も欲しい。そのためには、兄貴を忘れるための時間が必要だ。

どんなに時間がかかったとしても、辛抱強く待つと決めたからには、それを貫かなければ。

「日和、愛してる……」

明かりの消えた液晶画面を見つめながら、本人には届けられない愛の言葉をつぶやいた。

◆◇◆

「おいしかったです、また来ますね！」

「ありがとうございました～！」

五月の大型連休を越えたころ、現在時刻はおよそ二十三時。ラストのお客さまをお見送りしたあと、私は『フォルトゥーナ』の扉を閉めた。

「最後の若い子たち、一見《いちげん》さんでしたね」

「そうですね」

奥薗さんの言葉にうなずくと、テーブルの上の食器類を厨房に運んでいた小淵くんが、はしゃいだように口を開く。

「やっぱり雑誌の効果じゃないですかー！　最近そういうお客さん多いですよね！」

「普段と違う層のお客さまに来てもらえるのはありがたいですよね」

奥薗さんの言葉に、私は「はい」と力強く返事をする。

「――おかげさまで忙しいですし……雑誌のおかげなら、インタビュー受けたかいがありました」

地域密着型の『フォルトゥーナ』の弱点は、二十代くらいの若いお客さまが少ないことだったのだけど、メディアに露出したおかげなのか、最近は学生さんと思《おぼ》しきお客さまも少しずつ増えてきた。ここはいわゆる『コスパのいいお店』なので、気に入ってリピートしてくれる方も少なくない。

「これは泰生くんに感謝しないとですね」

「……はい」

歌うような奥薗さんの言葉に、胸がちくんと痛む。

「あれ、なんか日和さんテンション下がってません？」

「えっ、そんなことないよ！　全然っ」

小淵くんの鋭い突っ込みに、私はオーバーに首をぶんぶんと横に振ってみせた。

――私ってば。仕事中は余計なことは考えないって決めてるのに、泰生のことになるとなかなか上手くいかないなぁ……。

泰生は相変わらず忙しいのか、ほとんどお店にやってこないし、連絡も途絶えがちだ。連休中の飲食店は稼ぎ時なので私も昼夜出ずっぱりで働いていたから、敢《あ》えてこちらからアクションを起こすこともなかった。最後にメッセージを交わしてから、一週間は経過しているはずだ。

そんな状態だから最近は、むしろ頻繁に会ったりメッセージの応酬を交わしていた時期が特別だったのでは、とさえ思うようになった。

もしかしたら、あれは泰生の優しさだったのかも。兄が失踪して、ひとり取り残された私をフォローしなければ、という正義感が、親密な関係を作り出していただけ、というか。悠生くんが帰ってきて、ふたりで話して——私がちゃんと吹っ切れたと判断したから、自分の役目は終わったと思ったんじゃないだろうか。

そう自分を納得させようとする一方で、でも——という思いも顔を出す。

——私のこと、ずっと好きだったと打ち明けてくれたのはなんだったの？

私を優しく、力強く抱きしめてくれたあの夜、彼が言っていたことはうそだったの？

もう、よくわからない。……恋愛って難しい。ただでさえ、手痛い失敗を経験したばかりの私に真実を解き明かせるわけもないから、最近は目の前の問題から目を背け、仕事だけに意識を傾けるようにして、なんとか自分を保っている状態だ。

……なんだか、半年前からちっとも進歩していない。悩みの対象が悠生くんから泰生に代わっただけだ。そんな自分がふがいなくて、また気持ちが落ちていく。

「ねぇ、日和さん。お礼も兼ねて、泰生くんをおもてなしするっていうのはどうです？」

「おもてなし？」

私がそんな気持ちでいるのを察したのだろうか。奥薗さんが、思いついたとばかりにそう口にしたので、おうむ返しに訊《たず》ねた。

「だってお客さまが増えたのは雑誌のおかげなわけですよね。もちろん日和さんの頑張りも大きいと思うんですけど、縁をつないでくれた泰生くんのおかげでもあるんじゃないでしょうか。お店として、お礼をするのは当然なのかな、と」

「なるほど……」

インタビューの手配をしてくれたのは泰生だ。今の『フォルトゥーナ』に父のとき以上の活気が出てきているのは、紛れもなく彼のおかげだろう。

「だから日和さん、泰生くんに連絡していただいてもいいですか？　彼の都合のいい日に、お店に呼んじゃいましょう。しゅうちゃんとも相談して、特別なコース料理にしましょうか」

「あ、はいっ……！」

意味深に片目をつぶる奥薗さん。

……そうか。やっぱり奥薗さんは、私と泰生のことを気にかけてくれたんだ。私が彼に連絡する口実を作ってくれた。そんな気がする。

私は彼女の厚意に感謝しつつうなずいた。

「それはそうと、ここのところまた疲れた顔してますよ。ちゃんと寝てますか？」

「あ……ええと、はい」

「反応が正直ですね、日和さんは」

「そこがいいんですけど」と付け足しながら、奥薗さんが笑う。

むしろ私にとっては、忙しさは気が紛れるのでつらいものではなかった。一日必死に働いていると、悩みも忘れられるし、寂しさを感じる暇もない。

もちろん、この調子がいつまでも続くわけじゃないし、先に身体が保たなくなるだろうことも予測できるけれど……精神的には、現状が心地よかった。

「――お店が忙しくなるのはいいことなんですけど、自分の身体を大事にするのもオーナーとしてのあなたの仕事ですからね」

と、笑顔の奥薗さんに釘を刺される。前科がある私には、耳の痛い言葉だ。

「オレのことビシバシ使ってくださいね！　四年になってからは、夜はなおさら暇なんです」

「ありがとうございます。でも、佐木さんもひとりで頑張ってくれてますし、私だけ休むっていうのも……」

私は黙々と厨房の片付けをこなす佐木さんを一瞥《いちべつ》して言葉を濁した。

ふたりが私を心配してくれるのはありがたいけれど、日々の佐木さんの業務量に比べれば、大したことはない。

すると、奥薗さんが「とんでもない」とばかりに首を横に振った。

「なに言ってるんですか。日和さんがレシピを継承してくれてるおかげで、最近はランチの時間だけでも休みが取れる日があってありがたいって言ってましたよ。そうじゃなくても、あの人は頑丈なんですから、気にしなくて平気です」

そう。私は年明け以降、計画通りに少しずつ『フォルトゥーナ』のメニューを覚えて、お客さまに提供し始めている。まずはランチメニューのパスタから。ランチを完全にカバーできたら、ディナーのメニューにも挑戦する予定だ。

……そこまで到達するのにどれくらい時間がかかるかはわからないけれど、ひとまず昼の厨房だけでも私ひとりで回せるようになれば、佐木さんの負担も軽減できるだろうと思って。

「さすが奥薗さん。旦那さんのこと、よくわかってますね」

「『元』旦那ね」

小淵くんが合いの手を入れると、奥薗さんがすかさず突っ込んだ。

「すいません、そうでした――つい忘れそうになるなぁ」

彼が苦笑いをして後頭部を掻く。気持ちはわかる。私もたまに忘れかけていることがあるから。

「あの、私は大丈夫です。ホールの仕事は楽しくて好きなので全然苦じゃないですし、ランチの厨房も大変ですけどいい勉強になってます。……休みをもらっても、なにか予定があるわけじゃないですし、お店が気になってソワソワしちゃいそうで」

お客さまが増えつつある今が頑張りどきということもあり、自分の持てるすべてをお店のために注ぎたかった。素直な気持ちを吐露《とろ》すると、奥薗さんは仕方ないとばかりに眉尻を下げる。

「相変わらず仕事人間ですね、日和さんは。そういうところも好きですけど」

そこまで言うと、彼女は壁掛け時計を見て「あっ」と小さく叫んだ。もう閉店時間を過ぎている。

「じゃ、パパッと片付け済ませちゃいましょうか。……しゅうちゃ～ん。締め作業始めるから、まかないお願いね～」

「ベーネ！」

奥薗さんの呼びかけに、いつもの佐木さんの威勢のいい声が返ってくる。

四月に入ってからは、休憩時間を取るタイミングがなかなかない。なので、夕食も営業終了後にみんなで取ることが多くなってきた。

ときに三人で、ときに四人で取るおいしいまかないの時間を、毎日楽しみにしている自分がいる。

翌日に備えて長居はできないものの、一日の営業の感想を言い合ったりして会話も弾むし、ひとりで味気なく食べるよりずっといい。

「今日はなんですかね～。オレめっちゃ楽しみです～」

小淵くんのうれしそうな顔に同意しつつ、まずはレジ締め作業に取りかかった。


――片付けと食事を終え、お店を閉めたあと。

二階の自宅で、私は泰生に送るメッセージを作成していた。

『雑誌の効果でお店のお客さんが増えたんだー。泰生が紹介してくれたおかげだよ。お礼がしたいから、夜空いてる日があったらうちで食事しない？』

ほどなくして完成したメッセージを、送信前に読み返す。

――あ。『うち』って書くと、私の家だと思われて躊躇《ちゅうちょ》されちゃうかな……？

私は慌てて『うち』を『うちのお店』に書き換えた。

……今までこんな些細な表現を気にしたことなんてなかったのにな。

せっかく会えるチャンスだから断られたくないと、強く願っている現れなのだろうか。

どうかいい返事をもらえますように、と願いを込めて送信ボタンをタップした。

なんだか、これだけのことなのにすごく疲れた。私は一度アプリを閉じると、ソファの背にもたれて深く息を吐いた。

会えないのに――というか、だからこそ、日ごとに泰生への気持ちが高まっていっている。

二ヶ月前までは泰生のほうから会いに来てくれたから、こんなに待ち遠しく、じれったくは思わなかった。

今だって、送ったばかりのメッセージに気付いてくれているかどうかが、気になって仕方がない。

たまらずアプリを開き、彼がメッセージを読んだかどうかを確認してしまう。

――既読マークがついている。ということは、もうすぐ返事がもらえるってことだ。

たったそれだけのことなのにウキウキしてしまう。中学生みたいな自分の反応がおかしい。

でも私、こんなピュアな反応をしてしまうほど、泰生のことが好きなんだな――

彼からの返事を確認してからお風呂に入ろうと思ったけれど、五分経っても、十分経っても、彼からの連絡はない。

どういうことなんだろう。もしかして、返事に困ってる？

断りたいけど断れないとか、そういう？

……いやいや。そもそも断る理由がない。単純に、お店でお礼をしたいという内容だ。いつもの泰生はレスポンスがとにかく速い。すぐに快く「ありがとう」と言ってくれるはずだ。

そうじゃないってことは、やっぱり乗り気じゃないのだろうか。私と顔を合わせづらい理由があるとか……？

「…………」

――もしかして、ほかに好きな人ができた、とか？

そう考えが至った瞬間、思いっきり突き飛ばされたみたいな衝撃を受けた。

あり得ない話じゃない。五年付き合った婚約者にさえ、突然そうやってフラれることがあるのだ。人の気持ちに絶対はない。環境や出会いによって、いかようにも変化し続ける。私と悠生くんがそうだったように。

……ならもう期待しないほうがいいのだろうか。

これ以上、恋愛で傷つくのに耐えられない。悠生くんとのことを、泰生のおかげでやっと立ち直ることができたのに、急に泰生に手を離されたら、どうしたらいいんだろう。

というか、私ってこんなに弱かったっけ？　自分のことは可能な限りひとりで解決してきたのに、この半年は泰生がいるのが当たり前すぎて、ひとりでいるのがたまらなく不安になってしまった。

だめだなぁ。泰生の言葉を信じすぎて、彼がそばにいてくれることに甘え切っていた。

そろそろ、誰かに支えてもらわなくてもいいように――自分ひとりで立てるようにならなきゃいけないのに。

私はスマホをテーブルに伏せて、シャワーを浴びることにした。

その夜のうちに泰生から返事が来ることはなかった。

◆◇◆

泰生からメッセージが送られてきたのは翌日の昼。内容としては、お礼をしたい旨をよろこんでくれていて、日程に関しては『いつでもいいよ。お店に迷惑のかからない日で』とのこと。

……ある程度日にちにゆとりがあるってことは、すごく忙しいってわけじゃなさそうだ。私はその返事を、やっぱり面白くないと思ってしまった。

いつでもいいなら、すぐにそう返事をしてくれてもよかったはずだ。

長年の付き合いにおいて、泰生が返事をすぐにくれないときは、寝ているか人と会っているとき。それ以外は、即返事をしてくれる。以前、どうしてそんなにレスが速いのかと訊《き》いたら、「すぐできる返事はすぐにしたいから」との答えが返ってきた。性格的なものらしい。

彼がそういう場でプライベートなメッセージを確認するとも思えないけれど、仕事で接待中だった可能性もある。でも早々に既読がついたのは事実だし、解散したらすぐに返事をくれそうな感じがする。

だからやっぱり、昨日は返事に躊躇《ちゅうちょ》していたんじゃないかと思ってしまうのだ。気が進まないと思いつつも、断るのも角が立つと思ってOKしたというような。

こんなことをネチネチと考察する自分にも嫌気が差すけれど、どうしても気になってしまう。

今の泰生にとって、私は煩《わずら》わしい存在になっていやしないだろうか？

あまりにも最初と勢いが違いすぎる。私を慰めてくれた、あの十二月の夜と気持ちが変わってしまっているなら、はっきりとそう言ってほしい。そう思うのに、メッセージの文末は、こう締めくくられていた。

『忙しいからってあまり張り切りすぎるなよ。とにかく身体を大事にすること。元気な日和に会えるのを楽しみにしてる』

社交辞令かもしれないけど、会うのを楽しみにしてくれるのは、やっぱりうれしい。沈んでいた気持ちが一気に浮上する。

……お願い、泰生。あなたの本当の気持ちを教えて？

そうじゃなければ、私、この期《ご》に及んでまだあなたを心の拠《よ》り所にしてしまう——

スマホが映し出す彼からのメッセージを見つめながら決心した。

——こんな苦しい思いをするくらいなら、いっそのこと、私のほうから気持ちを伝えよう。

泰生にお礼をする日、食事のあとに時間を取ってもらって、ちゃんと告白する。

もし受け入れてもらえなかったら……という不安はもちろんあるけれど、このまま、曖昧に距離を取られたままフェードアウトしてしまうよりはずっといい。

悲しい結果になったとしても、失恋から立ち直るきっかけをくれたのは泰生なのだから。そっちのお礼もきちんとして、ただの幼なじみに戻ろう。

——本当に、戻れるのかな。泰生のこと、こんなに好きになっちゃってるのに。今さら、なにもなかったころに戻れる？

……ううん。難しかったとしても努力しなきゃいけないんだ。

泰生のことを忘れる努力。大丈夫。私には大好きな仕事がある。仕事に没頭していれば、叶わなかった失恋の痛みも、いつか癒えていくだろう。

日程を調整し、泰生を呼ぶのは次の火曜日の夜に決まった。

私はその日を指折り数えつつも、近づくにつれ、恐れや不安によって眠れない夜を過ごすことになるのだった。

◆◇◆

「おはようございます」

「日和さん、おはようございます～」

約束の火曜日の午前中。ランチの仕込みに合わせて出勤すると、すでに奥薗さんが店内の掃除に取りかかってくれていた。

「――あら、どうしました？　そんなに白い顔をして」

彼女は私の顔色を見るなり、心配そうに眉を顰《ひそ》めた。

奥薗さんに隠しごとはできないか。私はごまかすように笑う。

「……ここ最近、寝不足で」

自分のメンタルの弱さがいやになる。まさか、今夜のことが気がかりでろくに眠れなかった――とは言えずに、曖昧に濁した。

「無理しないでって言ったじゃないですか。限界まで頑張りすぎですよ」

「そういうんじゃないんですけど……」

週一の定休日以外は休まず頑張っているため体力的な疲労はあるものの、仕事自体は楽しんでやらせてもらっている。私が思い悩んでいるのはまったく別の部分に関してだから、うそは言っていない。

「今日のランチは日和さんだけですよね？」

「そうですね。佐木さん、最近出ずっぱりだったので、少し休んでほしくて」

もちろん、佐木さんに休憩してほしかったのもあるけれど、本音は――運命の日を迎えるにあたって、自分自身が居ても立ってもいられなくなりそうだったから。厨房で調理に専念していれば、余計なことを考える暇はないだろう、と踏んだのだ。

「本当にひとりで大丈夫ですか？」

「はい、ランチはパスタだけで、慣れてるので全然問題ないです。ドルチェはいつも通り、奥薗さんが仕込んでくれたのがありますし」

「そういうことじゃなくて、その……お疲れのようなので」

ガッツポーズを作って元気であるとアピールしてみるものの、やはり彼女の目は欺《あざむ》けない。

「……ご心配おかけしてすみません。不安、ですよね」

一度店でやらかしてしまったときも、体調不良が起因していた。今日のランチは彼女とふたりきりだから、そういう意味でも気を揉《も》んでいるのだろう。

――あぁ、やっぱり落ち込んでしまう。私ってば、まだまだ半人前だなぁ……

「そんなことは全然。日和さんはよくやってくださってますよ」

私が俯《うつむ》くと、人のいい彼女は慌ててフォローしてくれる。

「お客さまも順調に増えていて、忙しくさせていただいてますし。口コミサイトっていうんですか、あれの評判も上々だって常連さんに教えてもらいましたよ。これなら、天国にいる先代もよろこんで――」

……あれ？　彼女の話を聞いているうちに……なんだか、視界がどんどん暗くなってきてるような。なんだろ……？

「日和さんっ？　……ちょっと、日和さーん⁉　しっかりしてくださいっ！」

……遠くで奥薗さんの声が聞こえる。

私が一度ならず二度までもお店でダウンしてしまったと知ったのは、彼女が呼んでくれた救急車で運ばれた病院の、病室で目覚めたときのことだった。

「……ん」

意識が戻ったとき、最初に視界に映し出されたのは、見慣れない真っ白な天井だった。

「日和？」

ここはどこだろう、と目を開けたまま自問していると、耳なじみのある声が私の名を呼んだ。その声の主は、私がずっと会いたいと思っていた人だったから、信じられない気持ちで素早く上体を起こす。

枕元の椅子に座っていたのは、やっぱり――泰生だ。

「泰生、私……」

「……よかった」

彼は私が目を覚ましたことを知るや否や立ち上がり、身体を屈めて私をきつく抱きしめた。

「先生が言うには、寝不足と過労が重なったんじゃないかって。……あんまり、心配させるな」

耳元で囁《ささや》く声は、切実で掠《かす》れている。彼が本気でそう思っていたことがわかる声音だった。

「ごめん……」

だから私はごく自然に彼の背中に手を回し、謝罪の言葉を口にしていた。

心の中が温かい感情で満たされる。

泰生の抱きしめる腕の力が、体温が、言葉が……温かくて心地いい。

ずっとこのままでいたい、と思った。彼と身を寄せ合ったまま時が止まったなら、どんなにか幸せだろう。

けれど私の願いに反して、彼はハッと気が付いたように身体を離した。私も、背中に回していた手を解く。

「お店は？　……それに、仕事は？」

だんだんと思考の靄《もや》が晴れてきた。最後の記憶によれば私はお店にいたはずだと思うのと同時に、どうして泰生がいるんだろう、という疑問を、再び椅子に座った彼にそのままぶつけてみる。

「店は奥薗さんと、佐木さんが休み返上して回すって。俺に連絡をくれたのは奥薗さん。本社で書類仕事してたから、そのままタクシーで飛んできた」

「そっか……」

ベッドのそばにある時計を示される。十二時過ぎ。ちょうどランチのコアタイムだ。

――またふたりに迷惑をかけてしまったな。あとでちゃんと謝らないと。

「本当、ごめんね。仕事中だったのに」

泰生のスケジュールも狂わせてしまい、悪いことをした。

「そんなのはいいんだよ」

私が謝ると、泰生はなぜかムッとした表情をして、人差し指で軽く私の額を小突いた。

「いたっ」

私の顔を覗き込んだ彼は、厳しい口調で続ける。

「……日和の性格はわかってるつもりだし、自覚あると思うから俺もうるさく言いたくないけど、本当、心臓に悪いからやめてくれ。体調管理も仕事のうちって言ったろ？　突っ走るのもいい加減にしろよ」

「っ、そんな言い方しなくてもいいじゃない」

泰生は、ここにいない奥薗さんや佐木さんの分も怒ってくれているのだろう。それはわかる。

でも。

「……そもそも、私が倒れたのは泰生のせいなんだからね」

「俺の？」

意外そうに訊《たず》ねられたので、私はしっかりとうなずいた。

「た……泰生が急に私と距離取ったりするからっ……私は、こんなに泰生のこと好きになっちゃったのにっ」

そんなの理由にならないけど、好意を示すだけ示しておいて、いざとなったらその手を引っ込めてしまった彼をなじらずにはいられなかった。私は悔しさに任せて吐露《とろ》してしまう。

「日和……？」

――本当は、こんな形で伝えたくはなかったけれど、もうこれ以上隠せる気もしない。ひどく驚いた顔をしている彼に、半ばヤケになって続ける。

「私は泰生のことが好き。……ううん、大好きなの、あなたが」

恥ずかしかったけれど、この気持ちだけは彼の目を見て伝えたかった。

……顔が熱い。俯《うつむ》きたくなるのを我慢して、その整った顔に訴える。すると、彼が大きく目を見開いた。

悠生くんがいなくなる前は、この人のことばかり想う日が来るなんて、想像もしていなかった。泰生が好き。大好き。……ほかの女性のことなんて、本当は見ないでほしいのに。

「ずっと伝えようと思ってた。でも、一回言うタイミングを逃してから、なかなか言えなくて……

ずっと先延ばしになっちゃってた」

泰生とはいつでも会える、連絡を取り合えるって、楽観視しすぎていた。泰生はわざわざ私に会う時間や、連絡を取る時間を作ってくれていたのに。会えなくなって、連絡が来なくなって……やっとそれに気付いた。

「泰生がもう私のことを好きじゃないとしても、後悔したくなかったから……伝えたかったんだ。聞いてくれて、ありがとう」

言葉を紡《つむ》ぐうちに、少しずつ冷静さを取り戻すことができた気がする。耳を傾け続けてくれた泰生にお礼を言った。

——よかった、ちゃんと言えた。あとはどんな答えが返ってきたとしても、それを受け止めるだけだ。

「……ちょっと待て。俺が日和のこと好きじゃないって、どういう……？」

覚悟を固めつつ泰生の反応を窺《うかが》うと、彼が怪訝《けげん》そうに訊《たず》ねる。

「……？　最近あんまり会いに来てくれなくなったし……連絡の頻度も減ったから、気持ちが変わっちゃったんだろうなって」

「そんなことあるわけないだろ」

ぴしゃりと否定され、その語気の強さに少しびっくりする。目をぱちくりさせていると、彼は素早く首を横に振り、形のいい眉を下げた。

「——ごめん。大きな声出したりして。……でもそうじゃないんだ」

「……？」

脳内をクエスチョンマークが埋め尽くす。泰生の言葉を待っていると、彼はきまり悪そうに額を掻いた。

「……日和が兄貴のこと忘れるまで待つって約束したくせに、俺、気持ちが先走っちゃってさ、ちょっとグイグイ行きすぎたなって反省してて……」

言いながら、彼の視線がちょっと遠くに向けられる。まるで、なにかを思い出すみたいに。

「兄貴が帰ってきたときの日和の様子を見て、まだ日和の中では兄貴がいちばんなんだって確信したんだ。だから、日和の気持ちがもう少し落ち着くまでは、ほどよい距離感で見守ろうって決めて」

泰生の視線が、ふたたびこちらへ、まっすぐに注がれる。

「でも、それが裏目に出てたなんて思いもしなかったよ。……不安にさせてごめん」

「泰生……」

私の部屋でともに目覚めた朝と一緒だ、と思った。私を見つめる一途な眼差しに、胸の奥がきゅんと切ない音を立てる。

「日和」

泰生は改めて私の名前を呼ぶと、そっと片手を取った。熱い手のひらの感触にドキドキする。

「――もう一回聞かせて。日和は、俺のことどう思ってる？」

鼻先が触れそうな距離で、優しく、甘く、彼が囁《ささや》く。私はその手を握り返した。

「……泰生が好き。気が付いたら、泰生のことばっかり考えるくらい……好きになってた」

「うれしい。……俺も日和が好きだよ」

つないだ手をそっと引かれ、再び泰生の胸に抱き留められる。

彼の「好き」というひと言で、すべての不安が解消されて、目の前が明るくなったような感覚に陥《おちい》る。それなのに、目頭がじわりと熱くなって、うれしいような、切ないような複雑な思いがこみ上げる。

「……ごめん。ホッとしたら、なんか泣けてきた」

彼のワイシャツに涙の染みを作ってしまいながら小さく謝る。泰生はつないでいる手とは逆のそれで、私の頭をぽんぽんと撫でた。

「悲しい涙じゃないなら、いいよ。泣いてる日和の顔も、けっこう好きなんだ」

「……からかわないでよ」

「からかってないよ。本当のこと」

私が口を尖《とが》らせると、泰生は笑いを含んだ声でそう言った。

顔は見えないけれど、多分、うそじゃない。声のトーンが、いつもよりもずっと優しいから。

「……ありがとう。照れる」

「ん」

片手で涙を拭って、私はやっと顔を上げた。すると、柔和な笑みを浮かべる泰生の視線とかち合う。彼は愛おしげに、私の頬をするりと撫でた。

「さっきさ、ずっと伝えようと思ってたって言ってたじゃん？」

「うん」

「いつからそう思ってくれてたの？」

「あ……ええと、悠生くんが帰ってきた日。本当は、あの夜気持ちを伝えようと思ってて」

まさに、時間を作ってもらおうと思ったその瞬間に、悠生くんがやってきて――それどころではなくなってしまったのだけど。

するると、ショックを受けたみたいに泰生の視線が揺れる。

「……マジか。じゃああのときはもう、兄貴のことは」

「完全に吹っ切れてたよ。泰生のおかげでね」

「つまり、俺が必死に距離感を保ってたのは、意味なかったってわけか……」

「……そういうことになっちゃうね」

素直に述べると、泰生が盛大にため息を吐いて肩を落とした。

――さっきの話を聞くに、泰生は私に気を遣って、敢《あ》えて会わなかったり、連絡の頻度を落としてくれていたのだろう。彼にしてはレアな沈んだリアクションを見て、私はつい笑ってしまった。

「笑うなよ。けっこう努力したんだからな。本当はすぐに返信したいのに、あんまりすぐ返事するとプレッシャーに思ったりするかなって、わざと時間置いたりして」

「そうだったんだ……よかった」

むきになって言う泰生に、私はなおのこと、にこにこしてしまう。

じゃあ今回の返信の遅さも、必死に我慢してくれてたってことか。

「――私ね、気持ちが冷めちゃったのかなぁ、とか、ほかに好きな人ができちゃったのかなぁ、なんて考えて、ひとりで暗くなってた」

「誰かさんと一緒にするなよ」

いたずらっぽく言いながら、彼はつないでいた手を解いて、やや強引に私を抱きしめる。

「――片思い歴約二十年を舐めるなよ。ここまできたら、そう簡単に心変わりするわけないだろ」

……そうだった。泰生はいつもストレートに気持ちを伝えてくれていたのに、私が急に不安になって、疑ってしまっただけだったんだ。

彼は少し身体を離すと、意志の強そうな黒々とした瞳で、私の顔を真剣に見つめた。

「改めて言うよ。日和、俺と付き合ってほしい」

「……はい。よろしくお願いします」

――もう迷わない。大好きなこの人の、彼女になりたい。

私が返事をすると、彼はとてもうれしそうに微笑んで――そっと触れるだけのキスをしてくれた。

久しぶりの感触は、柔らかくて温かくて……幸せな気持ちになる。

「これ以上は歯止めが利かなくなるから、我慢する。誰か来たら困るし」

「あ……」

すっかり忘れていたけれど、ここは病室だった。泰生の言葉でハッとする。

――これまでの会話、ほかの誰かに聞かれてないよね？

今さらながら周囲を見回してみる。……個室ではないようだけど、きちんとカーテンで区切られているし、ほかの患者さんの気配も感じないから、おそらく大丈夫だろう。

「ま、聞かれても別に構わないけどね。その人、俺たちの証人になるわけだろ？」

「そんないじわる言わないでっ！」

軽口を窘《たしな》めると、彼はおかしそうに声を立てて笑った。……もしそんな人がいたら、恥ずかしくてどんな顔をしていいかわからないっていうのに。

「――とりあえず、先生呼ばなきゃだな」

「う、うん。ありがと」

まずは目覚めたことを知らさなければいけない。泰生は枕元の器機を操作し、ナースコールをしてくれた。

◆◇◆

気持ちが通じ合って安心したら、身体の不調はどこかに吹っ飛んでしまった。自分でもゲンキンだなと呆れたのだけど、私は心の不調がすぐに体調に現れるタイプなのかもしれない。

医師の許可を得てその日のうちに退院すると、翌日は一日お店の予約が入っていなかったので思い切って臨時休業とし、身体を十分に休めることにした。

泰生へのお礼は、その週の日曜日の夜に仕切り直すことに。お店的には平日のほうが望ましかったけれど、月曜日の定休日を一緒に過ごす約束をしていたこともあって、そのほうがいいよね、と泰生と相談した。

——その日曜日の夜。営業を終えた私は、泰生と一緒に二階の自宅にいた。

お風呂から出て部屋着のワンピースに着替え、先にシャワーを済ませていた泰生の待つリビングに向かう。途中、キッチンの冷蔵庫からペットボトルの緑茶を二本取り出した。

「泰生、よかったら飲んで」

「ありがとう」

泰生の座るソファまで行き、一本を差し出す。お礼を言った彼がそれを受け取り、キャップを捻《ひね》った。

泰生が今着ているスウェットの上下は、彼が持参したもの。仕方がない状況だったとはいえ、以前悠生くんのものを着たのはやはり複雑だったようだ。

私も彼のとなりに座って、ペットボトルの中身をひと口飲んだ。

「にしても、めちゃくちゃ満腹。『おもてなし』とは聞いてたけど、まさか、あそこまでしてくれるなんて」

お茶を口にしたあと、泰生が軽くお腹をさすりながら言う。

「佐木さんも奥薗さんも気合入れて、いろんなおつまみやワインをチョイスしてくれたもんね」

「ありがたいけど、最後のほうはけっこう苦しかった」

そうは言いつつ残さず食べてくれたのが、こちらとしてもありがたい。

佐木さんは泰生の好きなもので構成した全六種類のフルコース。奥薗さんも、スパークリング、白、赤のおすすめを、料理に合わせてペアリングしてくれた。まさに『おもてなし』の特別待遇だ。

「ふたりとも、『フォルトゥーナ』のことを私と同じくらい大事にしてくれてるから、感謝の気持ちが強かったんだと思うよ」

「少しでも役に立てたならよかった」

泰生はうれしそうに言い、そばのローテーブルにペットボトルを置いた。

「……実は退院したあと、ふたりにもすっごく怒られた」

「だろうな」

ソファの上で膝を抱えつつ、もうひと口お茶を飲んでから私がつぶやくと、泰生が微かに笑ってうなずく。

火曜日、私がお店に戻ったのは、ディナータイムの準備をするころだった。奥薗さんと佐木さんに謝罪をすると、それはもう、今までにないくらい厳しいお説教を受け、すぐに二階で休むように言われた。

彼女たちは再三「無理をするな」と言ってくれていたのに、私は自分の心と身体の状態に向き合えなかった。だから、彼らが怒るのはもっともだ。私も、深く深く反省している。

「でもそれって、お店だけじゃなくて……日和のことも大事にしてくれてるってことだろ」

「うん。……本当、私は人に恵まれてるんだって再認識した」

母と父を立て続けに亡くし、大変なことも多かったけれど、いつも周りにいる理解ある人たちにサポートしてもらってきたのだな、と改めて感謝した。

特にふたりは家族のいない私にとって、限りなくそれに近い存在だ。少なくとも私はそう思っている。だからこそ、厳しい言葉もうれしかった。

「常に自分のことを心配してくれる優しい彼氏もいるし、な？」

ちょっとシリアスになりつつあったムードを断ち切るかのごとく、泰生が茶化して言う。

「それ、自分で言う？」

笑いながら突っ込みつつ、はたと気が付く。

「でも――彼氏……そっか。私、もう、泰生の彼女でいいんだよね？」

「当たり前だろ」

なにを今さらとばかりに、泰生が噴き出した。そして、私の肩を抱き寄せ、こちらをじっと見下ろしてくる。

ペットボトルを両手で支えながら、ノーメイクの顔をこんなに間近で見つめられるのは学生時代以来かも、と思う。……妙に恥ずかしい。

「――やっと俺の夢が叶った。日和を俺の彼女にすること。だいぶ時間はかかったけど……想い続けてれば、叶うものなんだな」

「泰生……」

彼の真剣な想いが視線から、言葉から伝わってきた。うれしくて鼓動が高鳴る。

「んっ……」

まるで磁石が引き合うように、私たちは唇を重ねた。直前に飲んだお茶のせいか、彼の唇は少しだけ冷たい。

その冷たい唇からこちらに入ってきた熱い舌が、私の口腔内をまさぐる。ざらざらした表面に粘膜や歯列を撫でられると、それだけでぞくぞくと甘美な感覚が走り、背中が震えた。

「日和、好きだ――」

わずかに唇を離した泰生が、切なげに囁《ささや》く。そして再び唇を重ねた。ちゅ、ちゅ、と吸い付きながら、もう一度舌を挿し入れて、私のそれを迎えるみたいに探ってくる。

「ふ、ぁ……んんっ……」

自分のそれよりも厚みのある舌に掬《すく》われ、先端を擦《こす》り合わされると、頭の内側を優しく引っかかれるような心地のいい刺激を覚える。

きっと彼も同じ感覚に酔いしれているのだろう。もっと深く、激しく口の中を蹂躙《じゅうりん》される。まるで、強引にこじ開けられているみたいな――衝動に任せたキス。

「やぁ、そん――急にっ……息、できなっ……」

初めのうちはどうにか応えていたけれど、上手く呼吸ができなくなってくる。片手で彼の肩を軽く押すと、すぐに唇を解放された。

「ごめん。もう日和のこと独り占めできるんだって思ったら、我慢できなかった」

唇同士をつなぐ銀色の糸を断ち切りながら、泰生がじれったそうに言った。

「っ……」

――そんな風に言われて、ときめかない女性がいるだろうか。しかも相手はこの泰生だ。

……うれしいに決まってる。

「じゃ、じゃあ……独り占め、していい、よ」

もっとこの人に奪われたくて、そう伝えた。平然と言葉にしたかったのに、本人を目の前にするとどうしても照れてしまって、たどたどしくなってしまったかも。そのままの勢いで、言葉を続ける。

「っていうか、してほしい。私、ちゃんと……泰生のものにしてほしいよ」

わざわざ休みの前日にお店へ呼んだのは、こうなることを少しだけ期待していたからだ。

会えなかった分、話せなかった分、いちばん近くで好きな人を感じたいと思うのは、自然なことだろう。

「――わかった」

泰生が私の手首をそっと取って、立ち上がった。反対側の手に握りしめていたペットボトルをテーブルに置くなり、彼は私の身体を横向きに抱え上げる。

「っ⁉」

――いわゆる、お姫さま抱っこ。こんなことをされたのは初めてで、羞恥のあまり固まってしまう。

「……じゃあ、向こうに行こうか？」

耳に落ちる甘い問いかけに、私は微かにうなずくのが精いっぱいだった。

私の部屋に入ると、彼はまず部屋の明かりをつけた。それから私の身体をベッドへそっと下ろして、額にキスをする。

会えない間、たまらなく泰生の温もりが恋しいと思うことが何度もあった。

待ちに待ったその瞬間が、やっと訪れたからだろうか――前回よりも、ずっとドキドキしてしまうのは。

頬に、唇に、軽くキスを落として私の身体を組み敷いた彼に、真上から見下ろされる。

「……触るね」

「んんっ……」

ワンピースの上から軽く胸の膨らみに触れられただけなのに、唇から甘えたような掠《かす》れ声が漏れてしまった。……思わず、片手で口を塞ぐ。

「そういうかわいい声で煽《あお》るなよ。優しくできなくなる」

「あ、煽《あお》ってなんてっ……！」

「だってそうだろ。普段は天真爛漫《てんしんらんまん》なくせに、そんなしおらしい態度……めちゃくちゃドキドキする」

「ふぁ、んっ……！」

丸みを帯びた形を確かめるみたいに、指先を、手のひらを動かす。

なんてことはない所作なのに、触れられた場所から微弱な電気でも浴びているかのようで、全身にぞくぞくとした悦《よろこ》びが駆け抜けた。

「これ、邪魔だな。脱がすよ」

「あっ」

わざわざ許可を取るつもりはないとばかりに、ワンピースをはぎ取られてしまう。頭から被って着る緩いラインのものなので、あっと言う間にブラとショーツだけにされてしまった。

「これ、かわいい」

泰生がブラの肩ひもに人差し指をかけながら、小さく囁《ささや》いた。

淡いイエローの小花柄のブラセットは、いつかやってくるかもと期待していた今日のために準備したものだ。一度目に着けていたものがあまりにも色気のない組み合わせだったので、そのリベンジのつもりで。

「……あ、ありがと」

照れくさいけれど、褒められたのが純粋にうれしい。

たとえ脱がされてしまうとわかっていても、好きな相手には少しでもかわいく見えるものを身に着けておきたいと思うのが、女心というものだろう。

「背中、浮かせて」

彼の指示通りに軽く背中を浮かせると、瞬く間にブラのホックを外される。

そのまま両腕から肩ひもを抜き取られると、ブラカップの中からふたつの膨らみがこぼれ落ちた。

そのうちの片方を、泰生が手のひらで包むように触れる。

「んっ……あ」

柔く捏《こ》ねられ、また声がこぼれる。泰生に触れられていると思うと、それだけで気持ちよかった。

「あれからずっと、もう一度、日和に触れたいって思ってたよ。……日和は？」

「わ、私もっ……た、泰生に触ってほしいって――思ってた」

ついさっき同じことを考えていたから、泰生にそう言ってもらえたのがうれしい。

「うれしいね。両想いだ」

私の答えを聞き届けると、彼はいたずらっぽく笑った。そして。

「――じゃ、日和が気持ちいいって思うところ、たくさん触ってあげる」

「んぁ、それっ――」

彼は膨らみを捏《こ》ねつつ、両方の胸の先を転がすように刺激してきた。

「ここ気持ちいい？　……好き？」

「んはぁっ、ぁあっ」

感じやすい先端を指先でいじられるたびに、身体の力が抜けていくようだ。刺激によって頂がツンと尖《とが》っていくにつれ、感覚の鋭さも増していくように思われる。

私は甘ったるい声を出しながら、彼に与えられる悦楽に感じ入ってしまう。

「――訊《き》かなくてもその顔見てればわかるな。真っ赤になって、かわいい」

「あぁんっ！」

転がすだけじゃなくて、摘んだり、すり潰すように刺激を与えたり。愛撫の形を変えながら、私の快感を少しずつ、着実に高めていく。

「……でも、やっぱ言葉にしてほしいかも」

悦《よろこ》びに喘《あえ》ぐ私を見下ろしながら、泰生がいじわるにつぶやいた。両方の胸の頂を同時にきゅっと摘み、指の腹で優しくトントンと叩く。

「これ、気持ちいい？」

「ぁああ！」

「——ほら、言ってみて。ちゃんと言えたら、ご褒美あげるから」

「んぁあ……き、気持ち、いぃっ……！」

はっきり言葉にするのは恥ずかしいのだけど、泰生に促され、やっとの思いで言葉にする。

「よくできました」

「あぁ——！」

それに気をよくした彼が、片方の胸の先に吸い付いた。温かく濡れた舌が、刺激に震える胸の先を捉える。これまでとはまったく違った刺激に翻弄《ほんろう》され、私はまた媚びた声を出してしまう。

「泰生っ……んんっ……！」

「舐められるの気持ちいい？　いっぱい感じて。……俺がどれだけ日和のこと好きか、ちゃんと身体でわかってもらわないと」

「ひぁ、やぁ……噛んじゃっ……！」

左右の胸の先を舐めたり甘噛みされたりしているうちに、お腹の奥がどんどん熱くなってくる。

頭の中もふわふわして――あぁ、だめ。気持ちいい。

ぼーっとしてきちゃうっ……！

「こっちもさせて？」

「っ⁉」

ショーツに手をかけられたと思ったら、手早く脱がされた。

――えっ、いつの間に……？

わけがわからないうちに両膝を抱えられて、剥《む》き出しの秘部が彼の目の前に晒《さら》されている状態だ。

「もうこんなに濡れてる。びしょびしょだ」

「み、ちゃ、やだっ……！」

羞恥の高まる体勢。大きく開かされた脚の間から、彼がその場所を覗き込んでいるのがよく見える。

――そんな場所、まじまじ見ないでっ……！

「どうして？　ピンク色できれい。それに、おいしそう」

「っ……？」

泰生の舌が、自身の下唇をぺろりと舐めた。直後。

「～～～っ⁉」

彼は躊躇《ちゅうちょ》なく、私の下腹部に顔を埋めた。敏感な粘膜に滑った舌が触れて――びくん、と大きく腰が揺れる。

——うそでしょ!?　えっ、舐めて……!?

「やぁ——なに、してっ……!?」

「なにって？　日和のここ、気持ちよくしてるんだけどっ……？」

「しゃべらないでぇっ……！　はぁ……っ」

「訊《き》かれたから答えたのに」

そんなところでしゃべられると、呼気さえも刺激になってさらに愉悦が膨らんでいく。そうとはわかっていないだろう泰生は、おかしそうに笑いながら、舌先を秘裂に埋めた。

「やだぁ！　やぁ……っ、んぁあ！」

経験したことのない強烈な快楽は恐怖すら感じた。悦《よろこ》びの証が溢れ出る入り口を舌が出たり入ったりするたびに、いやらしい声が出てしまって——制御が利かない。

「こういうの、初めて？」

私の反応に思うところがあったのだろう。端的な問いかけに私はこくこくと何度もうなずく。彼は意外そうに「へぇ」とつぶやいた。

「——いいこと聞いた」

言葉には出さなかったけれど、彼の表情には、悠生くんに対する優越感のようなものが微かに滲んでいるような気がする。

「本当にいいや？　気持ちよくない？」

入り口の縁《ふち》をなぞるみたいに舌先を動かしながら、彼が訊《たず》ねる。

「気持ちいいはずだろ。ここ、こんなにぷっくりさせて」

「ぁんんっ！」

とりわけ敏感な粒を探り当て、舌先でぴんと弾かれる。お腹の奥が激しく疼《うず》くような刺激に、ひと際大きな嬌声がこぼれた。

そんな反応をもっと見たいと、彼は繰り返しその場所を刺激してくる。

「も、だめぇ……それ、気持ちよすぎてっ、私っ……！」

「うれしいな。そんなに感じてくれて。いいよ、そのままイッても」

愛撫の手を緩めることなく、泰生はさらに私の快感を煽《あお》ってくる。

「——気持ちよくイけるように、こっちもいじってあげる」

「っぁあ!?」

こともあろうか、秘芽をいじりながら——止めどなく噴き出る淫らな蜜をまとわせた指先を、ゆっくりと入り口に挿し入れた。

「とろとろだから全然抵抗なく挿入《はい》ったね。……痛くないだろ？」

「ん……いたく、ないっ……」

痛みは全然なかった。それどころか——

「っていうか、物足りない？　腰揺れてる」

「やぁ、言わないでっ……！」

泰生の指摘通り、私ははしたなくも腰を揺らし、指先から伝わる刺激を貪《むさぼ》ってしまっていた。

――まるで欲しがっているみたいで、恥ずかしい。

「大丈夫、ちゃんとナカでも気持ちよくするから――」

「ぁああっ……！」

彼はすでに私の身体を知っている。どの場所で快感を覚えるのかとか、その中でもどこがいちばん反応がいいのか、とか。だから指先は、的確に私を追い詰めていく。

「それ、やぁ――ごしごししないでっ……！」

「そんなこと言って、イイところに当たるように自分でも動いてるくせに」

「っ……！」

否定できないのだから恥ずかしい。無意識のうちに、彼の指を自ら迎え入れようと腰を押し付けてしまっている。

――私ってば、なんてはしたないことをっ……！

「ほら、恥ずかしがってないでちゃんと集中して――日和は、気持ちよくなればそれでいいから」

「あっあっあっ……！」

身体が勝手に動かないようにと理性が必死にブレーキをかけるけれど、それを許さないとばかりに泰生がさらに快感を継ぎ足してくる。秘芽にちゅっと吸い付きながら、長い指で入り口からお腹側のほうの――激しく悦《よろこ》びを覚えるポイントを捉えて、刺激を続ける。

「だめ、泰生――私、わた、あぁあっ……！」

――こんなの、耐えられるわけないっ……！

「んんんんんっ……！」

めくるめく悦楽が、目の前でぱちんと弾けた。誘われるままに上り詰める。

と同時に、彼が指を挿《い》れていた場所から、熱いものが勢いよく噴き出たのを感じた。

「あっ……えっ……？　やだ、私っ……!!」

一瞬なにが起きたのかわからなかった。泰生のきれいな顔を、シーツを、透明な飛沫が汚している。

それが自分の身体から出たものであると理解したときには、恥ずかしさのあまり気絶したい、とさえ思った。

「ごめん泰生、本当にごめんっ……その、こんな粗相をっ……！」

――二十六歳にもなって、こんなことになるなんて思わなかった。恥ずかしさと気まずさでどうにかなりそうだ。

「そんなに慌てなくていい」

ところが、当の泰生はやけに落ち着いている。上体を起こすと、ベッドのそばに置いてあるティッシュケースに手を伸ばし、まずは私の下肢を清めた。それから自身の顔や髪、シーツなどを拭っている。

「……もしかして、これも初めて？」

これ、と染みのできたシーツを示して訊《たず》ねられたので、私は小刻みに何度もうなずいた。こんなことが度々あるのは、大人としてどうなんだろうか。

「そう」

先ほどと同じように意外そうに相槌《あいづち》を打ったあと、泰生が満足げに目を細める。

「……兄貴とはずいぶん『真面目なお付き合い』ってヤツをしてたんだな。ま、俺はそのほうがうれしいから、いいんだけど」

独り言のようなトーンでつぶやくと、ベッドマットの上で膝を抱える私に顔を近づけて、優しくこう諭《さと》した。

「今のは日和のせいじゃないから、気にするな。場合によって、誰でもこうなる」

「あ……？　そ、そういうこと」

性に関する私の乏しい知識を総動員してみる。結果、彼がなにを言わんとしているのか、なんとなくわかったような気がした。

こういうのは一部の性に奔放《ほんぽう》な人たちに起こることで、自分が経験することはないだろうと思っていたから、すぐには結び付かなかったのだ。

「……ごめん、私、泰生が想像してるよりもずっと、慣れてないことが多いかもしれない」

泰生と再び触れ合ってみてはっきりとわかった。潔癖だとか苦手だとかじゃないのだけど、やっぱり私は年齢の割に、こういう分野に関して疎《うと》いほうなのだ、と。

五年も同じ人と付き合っておいてなにを今さらって感じではあるけど、私も悠生くんも恥ずかしがり屋で、探求心というものがあまりなかった。

今夜だけでも初めてのことがいくつもあって、追いつけていない部分がある。

「……だから泰生、いろいろ教えて……？」

「そんな潤んだかわいい目でお願いされたら、断れるわけないな」

私を見つめる彼の瞳に、欲望と衝動の色が乗る。それから泰生はなにかに思い至った様子で「ああ」とつぶやき、軽く首を傾げた。

「――そしたら、さっそく教えたいことがあるんだけど、いい？」

「う、うんっ」

泰生に気を遣わせたくないし、彼が求めることがあるなら私も応えてあげたい。

私は緊張しながらも、快く返事をした。


「――い、いきなりハードル高いよっ」

「いろいろ教えてって言ったのは日和だろ」

数分後。弱音を吐く私に、泰生が少し呆れた風に言った。

スウェットの上下を脱いだ泰生がベッドに座っている。その足元に跪《ひざまず》いた私は、手のひらサイズの薄いパッケージを手にしたまま動けないでいた。

パッケージの中身は避妊具。泰生は、これを私の手で装着させようとしているのだ。

「っていうか……本当にこれ、女の人のほうから男性に着けたりするの……？」

そもそも装着前の避妊具に触れたことすらないかもしれない。漠然と、それは男性側の領域であり、女性が触れるべきものではないような気がしていたから。

「もちろん。男女どちらか一方だけが気にするものじゃないだろ」

「……それは、確かに」

――泰生の言う通り、避妊は大事なことだもんね。欠かしたことがないにしろ、そこまで深く考えていなかったかもしれない。

……あまりに女性慣れしていそうなところがほんの少し心配でもあったんだけど、泰生ってば、そういうところ、ちゃんとしてるんだな。

「――それとも、やっぱり俺が着けるか？」

「う、ううんっ。自分で言い出したことだし……やってみるっ」

男性側に任せっぱなしではいけないということだ。私は萎《しぼ》んでしまいそうなやる気を奮《ふる》い立たせ、彼の下着に手をかけた。

まずは第一関門。遠慮がちにボクサーショーツをずり下ろす。

すでに興奮を帯びた逞《たくま》しすぎるものがぶるん、と飛び出てきた。

「え、と……これ、被せればいいんだよね」

その勢いに手が止まりかけるけれど、まだまだこれから、と自分に言い聞かせる。パッケージを破り、ほんの少しぬるついた薄い膜を取り出す。なんだか、不思議な感触。

「そう。いちばん上の部分摘んで、空気入らないようにして。そのまま くるくる下に下ろしていけばいいだけだから」

「わ、わかった……！」

それにしても……男の人のものをこんなに近くでじっくり見ることなんてないから、緊張してしまう。

相変わらず大きくて、存在感があって……色や形状は彼のきれいな顔に似合わず赤黒く、凶悪な感じさえする。

「じゃ、つ……着ける、ね」

「うん」

意を決して、手を震わせながら、泰生の切っ先に避妊具を被せた。

——うわ、すごく熱いっ……それに、少し触れただけでびくんって震えて……！

「っ……」

指示通り、少しずつ根元のほうに向かって避妊具を被せていく。

避妊具越しに感じる彼のものは、熱くて、とても硬くて……まるで鋼でも仕込んでいるみたいだった。幹の部分には幾筋も血管が走っていて、私の指先が動くたびに、びく、びく、と力強い反応を見せる。

——これが、もうすぐ私のナカに挿入《はい》っちゃうんだ。

そう思ったらお腹の奥がきゅんと疼《うず》いて、熱いなにかがこぼれ落ちそうになる。それを防ぐように太股をきつく締めながら、私は指先の動きに集中した。

「……こ、ここまでで終わりかな……？」

「っ、ああ……そうだな」

これで正しいのかどうかの確認も含めて顔を上げる。と。

「……泰生？」

どうしてか、切なげに表情を歪《ゆが》め、息を少し弾ませている。

「……あー、いや……ただ着けてもらってるだけなのに、けっこうヤバかった」

彼自身も意外だったという風に、少し恥ずかしそうに視線をさまよわせながら続ける。

「――日和の手の感触が気持ちよすぎて……出ちゃいそうだった、ってこと」

「っ……」

――私にただ触られてただけで……？

泰生、そこまで私にドキドキしてくれてるんだ――彼の愛情の強さを証明してもらえたみたいで、素直にうれしい……！

「――そういうわけで、早く日和のナカに挿入《はい》りたいんだけど……いい？」

「う、うんっ……！」

私も早く泰生が欲しい、と思った。彼の熱を、愛情を、この身体で受け止めたい。

泰生は私の腕を引いてベッドに乗せると、仰向けになった私の身体に圧《の》しかかってくる。

「心も身体も……俺がいちばん気持ちよくしてやる」

耳が蕩《とろ》けそうになるような甘い言葉を囁《ささや》きながら、両脚を押し開き――秘裂の中心に、自身の高ぶりを突き立てた。

「っ、ぁああっ……！」

達したあとも絶えず蜜を滴《したた》らせていたその場所は、彼の太ましいものを一度に全部受け入れてしまう。張り詰めた切っ先に奥深くを突かれ、頭の奥が痺《しび》れた。

「いきなり締めるな……本当に、保たなくなるからっ……！」

「しら、な――わかんな、いぃ……！」

私はかぶりを振って必死に答える。意図的にそうしているわけではない。身体が勝手に反応しているだけだ。

すごい――お腹の中がいっぱいで、擦《こす》れて……なにも考えられないっ……！

奥がひくひくと痙攣《けいれん》しているのがわかる。このまま律動が始まったら、すぐに果ててしまいそうだった。それを察知してか、泰生は少し落ち着くまでの間、私の額や頬にキスをして待っていてくれた。

「大丈夫っ……！」

「もう平気……？　動くよ？」

とはいえ彼のほうも耐えかねたのだろう。私が応えると、一心不乱にナカを穿《うが》ち始める。

「んんっ――あぁ……っ！」

「すごい……日和のナカ、俺に絡みついてくるっ……！」

ぐちゅ、ぐちゅと淫靡《いんび》な音を立てながら、泰生の屹立《きつりつ》が私のナカを往復する。

「やぁ、それっ――突かないでぇっ……！」

「いちばん奥トントンされるの気持ちいい？」

深く腰を押し付けられると、彼の切っ先が奥の窄《すぼ》まりに擦《こす》れる。すると、バチバチと火花のような快感が迸《ほとばし》り、切ない衝動がこみ上げてきて、なおのこと思考が奪われていく。

「だめ――だめだよ泰生ぇっ……それ、やぁ――!!」

奥を刺激されればされるほどに、自分が感覚だけの人間になってしまったような恐怖と悦《よろこ》びが上乗せされていく。泰生の動きを制止しようと腕を伸ばすけれど、彼は私の手の甲にキスを落とすと、戦慄《わなな》く腰を両手で抱えて、一気に内壁を抉《えぐ》ってくる。

「ほんっとに……素直じゃないな。こんなに蕩《とろ》けた顔でよがってるくせにっ……」

「んんんんっ……!」

――どうしよう、気持ちいい。この快感にいつまでも浸っていたいと思うのに、もし本当にそうなったらおかしくなってしまいそうだ。

「ほら、好きなところいっぱい突いてやるから……もっといやらしい顔、俺に見せてっ……!」

「やぁっ、はぁっ！　ぁんんんっ……！」

――だめ、こんなの……私、本当におかしくっ……！

「ふぁあああっ……!!」

ぐぐっとつま先に力がこもる。足指を突っ張らせながら、私はまた絶頂を迎える。

「もう少しだけ頑張って」

「っ、あ」

脱力しているところを、つながったまま彼に抱き上げられた。

ちょうど向かい合って抱きしめ合うような体勢は、お互いの顔がよく見える。

「無防備な顔もかわいい。……そんなに気持ちよかったんだ？」

「ぁ、や――まだ動いちゃだめぇっ……！」

まだ余韻に身を震わせているというのに、泰生は私を抱きかかえたまま律動を再開した。

「……ごめん、俺も気持ちよくなりたい……日和も、一緒に気持ちよくなろう？」

「んぁああ！」

下から強く突き上げられると、先ほどよりも深い場所が擦《こす》れて、たまらなく気持ちいい。

「ん、ぁ……ふ、むぅっ……！」

切なげな視線とかち合い、唇を奪われる。柔らかな感触を確かめるように食《は》み、舌を絡ませ、お互いの愉悦を高め合っていく。

「っ、はぁっ……俺たち、いろんなところでキスしてる」

私の舌を思う存分味わい尽くしたあと、彼がからかうようにつぶやいた。

唇で。身体の中心で。……私たちは、本能のままに触れ合っている。意識してしまうと、ただでさえ汗ばむ肌がさらに熱を帯びた。

「日和の全部をかわいがりたい……」

「やぁ――く、んんっ……！」

彼も同じだったのかもしれない。呼吸のリズムが速くなって、じれったそうに私の髪を掻き分けると、今度は耳を食《は》まれた。

「ぁんっ！　ふぁああっ！」

――だからこれ、弱いんだってばっ……！

吸い付いたり、舐め上げられたり。下肢とは違う回路で快感を送り込まれると、漏れ出る声がか細く、頼りないものに変わる。

「耳好きだもんな？　声やらしい、そそる」

「あっ、あっ！　たいせぇっ……！」

ぞくぞくとした歓喜が、背中から頭のてっぺんまで駆け上がってくる。

――もうやだ。どうしてこんなに気持ちいいの？

ずっとこんな風にされてたら……本当におかしくなっちゃうかもっ……！

「キスして、日和」

「ん、あぁっ……！」

もうなにかを考える余裕なんて少しもなかった。

私は彼の首元に腕を回し、言われるがままにキスをする。

「好き、好きっ……泰生っ……！　ぁあっ！」

唇に触れていると愛おしさがこみ上げて、興奮のままにそう口走っていた。

「そういうの反則っ……かわいすぎっ……！」

彼の両手が腰骨に移動し、より性急な律動が始まる。上下に激しく揺さぶられながら、片方の手が接合部に差し入れられる。その手が充血した秘芽を探り当て、くりくりと転がした。

「そこは、ぁああっ……！」

身体の中で、いちばん快感に弱い場所。泰生は、私をひと際高いところへ追い詰めるように、鮮烈な刺激を与え続ける。

「私、わた、し……もうっ……！」

——もうだめ。変になる。涙目で訴えると、いつの間にか余裕をなくした顔の泰生が、呼応してうなずいた。

「俺ももうっ……！」

お互いの身体にしがみつきながら、私たちはもう一度キスを交わした。

「日和、好きだっ……！」

「泰生、んっ、ぁあ、たい、せいっ……！」

彼の名前を呼ぶと心まで気持ちよくなれるような気がして、何度もその名を呼んだ。

泰生、泰生——あなたが、好き。

「〜〜〜っ……!!」

ナカでびくんとなにかが跳ねる感触。その直後、快楽のボルテージが頂点に達した。彼のものを受け入れている秘部がきゅんきゅんと収縮し、やがて少しずつ弛緩《しかん》していく。

——すごい……自分が自分じゃなくなっちゃうみたいだった……

十二月のあの夜よりもずっと満たされた感覚がするのは、やっぱり、お互いの気持ちがひとつになったからなのだろうか。

滴《したた》る汗で濡れた身体を抱きしめ合い、乱れた呼吸を整える。端整な顔をした泰生が、男性の色香をまとわせながら胸を上下させる姿はとてもセクシーで、目で追わずにはいられない。

「日和……愛してる」

やがて、彼は首元に顔を埋めるみたいにきつく私を抱きしめながら、熱っぽくそう囁《ささや》いた。

「……うれしい、私も……」

最上級の愛情表現。彼にとって私はそういう存在なのだと思える、素敵な言葉。

「――やっと言えた」

安堵《あんど》交じりのつぶやきが、少し遅れて、優しく響いた。

◆◇◆

泰生と素敵な夜を過ごし、翌営業日の火曜日。開店前の『フォルトゥーナ』には、早くもフルメンバーが揃っている。

「日和さん、体調はもういいんですか?」

バックヤードで着替えを終えた小淵くんがやってきて、すぐにそう訊《たず》ねてくれる。

火曜日はいつもお客さまが疎《まば》らであることが多く彼を呼ぶことは少ないけれど、今日は二十時から八名の予約が入ったので、急遽《きゅうきょ》お願いすることにしたのだ。

「うん、心配かけてごめんね。もう、すっかり」

「日和さん最大の心配ごとが解消されたみたいですからね〜。ほ〜んと、よかったです！」

各テーブルをアルコール消毒している奥薗さんが、いやに上機嫌で会話に加わってくる。

「なんですか、最大の心配ごとって？」

「さぁ〜、ブッチもそのうちわかるわ〜」

不思議そうに首を傾げた小淵くんに、奥薗さんが思わせぶりに笑い、私を一瞥《いちべつ》する。

私がなにも言わずとも、彼女はすべて理解しているらしい。

――うう、見透かされてるなぁ……

「えー気になりますね。日和さん、なにかあったんです？」

「あはは……」

なんて答えたらいいかわからなくて笑ってごまかしたところで、お店のドアベルが鳴った。

「すみません、まだ開店準備中でして――」

扉をくぐるその人の姿を見て、私は途中で言葉を止めた。

「泰生くん、早いね。いらっしゃい」

「泰生さんだ。どうぞ、こちらに」

奥薗さんと小淵くんがそれぞれ彼に言葉をかけ、小淵くんがカウンターに案内してくれる。本当、思ったよりも早い到着だ。

「ありがとう」

泰生はお礼を言ってカウンターに移動すると、提げていたバッグを椅子に置いた。

「一時期はご無沙汰でしたけど、最近はやけにお目にかかりますね～？」

さっきの会話の延長なのか、奥薗さんがからかうように泰生に問いかける。

「――そのことなんですけど」

いつもなら素知らぬふりをする泰生だけど、今日は違った。私に視線をくれてから、ふたりに向けて口を開く。

「ゲストもいないし、今のうちに伝えておこうか、日和」

「うん、そうだね」

私がうなずく。と、厨房で仕込みの途中だった佐木さんも、なにやらいつもとは違う雰囲気を察知したようで、そっとホールに出てきた。

泰生の横に移動し、私は三人に向かって頭を下げた。

「――私から二点、ご報告させてください。ひとつ目は……その、私事で心配をおかけしてすみません。いろいろあった私ですが、気持ちを切り替え、十分な休息も得て、完全復活いたしました。もう大丈夫です」

泰生と話し合って、今日は『フォルトゥーナ』のみんなに、ふたつ報告をしようと決めていた。

ひとつは、長い時間をかけて不調から立ち直ったこと。そして。

「それともうひとつ。……私は、この古橋泰生さんと正式にお付き合いすることになりました」

――泰生とお付き合いをするようになったこと。

プライベートなことだから、本当ならこんな形で仰々《ぎょうぎょう》しく報告する必要はないのかもしれないけれど、私の不調の原因が失恋であるのは周知の事実。彼らにも長々と多大な心配をかけ、気を遣わせてしまったので、安心してもらうためにもきちんと報告したほうがいいと思ったのだ。

それに今後、泰生がこのお店に訪れる機会も増えそうだし、ちょうどいい。

「多分、みなさん気付いていらっしゃったと思いますが……」

「バレバレだったけどね、でもおめでとうございます！　私、すごくうれしいわ」

まず奥薗さんが、胸の前で両手を組む仕草をしながらよろこんでくれる。

「そうかな、とは思ってたけど……泰生くん、日和ちゃんのことよろしく頼むよ」

「もちろんです」

次いで、黙って耳を傾けていた佐木さんが、白い歯を見せて笑った。彼の優しいエールに、泰生がしっかりとうなずく。

「元婚約者の弟とお付き合いするっていうのも、変な感じがするんですけど……幼いころからお互いを知っている仲ですし、精神的に不安定な時期にかなり支えてくれた大切な人です。これからはそんな彼に恩返ししていけたらと思ってます」

心のどこかで、新たな交際相手が別れた人の弟だなんてちょっと引かれてしまうのでは……との懸念もあったのだけど、ふたりの反応を見る限り、その心配はなさそうでホッとする。

感謝の言葉を述べると、泰生がこちらを向いて「日和」と呼びかけてきた。

「気持ちはうれしいけど、俺がそばにいたかっただけだし、そこは気にしなくていいよ」

「で、でも泰生には助けてもらってばっかりだから……」

彼からはいつも与えてもらってばかりなのが気になっていた。これからは、私も泰生のためになにかをしてあげたい。

そんな私たちの様子を見ていた奥薗さんが、やれやれと肩を竦《すく》める。

「ごちそうさまです。ほーんと仲がいいんですねぇ、ふたりとも。ブッチもそう思うでしょ？」

呆れた口調で言って、彼女はとなりにいた小淵くんに会話を振った。

「……ブッチ？」

ところが、小淵くんはちょっと難しい顔をしたまま、沈黙を貫いている。

……あれ？

「おーい。なに固まってんの？」

奥薗さんが、つんつん、と人差し指で彼の肩を突いた。

「――なんですか……」

「え？」

小淵くんは、ぷるぷると両手を震わせながら、絞り出すような声でつぶやく。

「なんでみんな、気付いていたんですか？　オレ、全然知らなかったんですけどっ！」

いたくショックを受けている様子だけれど、奥薗さんと佐木さんはきょとんと顔を見合わせて、首を傾げている。

「なんでって言われても……ねぇ？」

「見たまんまだからなぁ」

ふたりは私たちとの付き合いが長いこともあり、空気の違いにバッチリ気が付いていたようだ。というか、私も全員にバレているのではないかと思っていたから、逆に小淵くんが勘付いていなかったのが意外なくらいだった。きっと泰生も同じ感想だろう。

「ここ最近、よくふたりでいちゃいちゃしてたじゃない。見てなかったの？」

「オレは、日和さんと泰生さんが一緒にいるところ、あんまり見なかったですから」

奥薗さんの問いに不服そうに答える小淵くん。

……そっか、言われてみれば。たまたまではあるけれど、彼に出勤をお願いする日は、泰生がお店に来ることはあまりなかった。最近は特に。

うーん、彼にだけ内緒にしていたわけじゃないんだけど、気を悪くさせてしまっただろうか。

悪気はなかったことをどう伝えようかと頭を悩ませていると、小淵くんがその場で「あの」と切り出した。

「すみませんけど、オレはおめでとうって言えません。だって……」

小淵くんの視線が、まっすぐ私を捉える。

「オレ——日和さんのことが好きなんですっ……！」

はっきりと告げられた驚きの台詞《せりふ》に、一瞬言葉を忘れてしまう。

「これは、面白いことになってきたわね……」

しんと静まり返った『フォルトゥーナ』。その空白を埋めるように、奥薗さんがぽつりとつぶやいた。

この半年強で、恋愛に関する苦難はすべて乗り超えたと思っていたのだけれど——小淵くんの告白は、新たな波乱の幕開けになってしまったのだった。

5

「さっきはびっくりだったね」

私にとっては久々となった営業を終え、店じまいをしたあと。私はリビングのソファでお風呂上がりの髪をタオルドライしながら、電話口の泰生にそう声をかける。

「……ああ、小淵くん？」

「うん。まさかあんなことを言われるなんて思ってもみなかったから、どうしていいかわからなくて……」

小淵くんが私のことを好きだったなんて。しかもそれを、泰生とのことを報告した直後に告げられるなんて——ただただ驚くしかなかった。

「俺はそうでもなかったけどね」

「どうして？」

「彼の気持ち、なんとなく気付いてたから。日和のこと好きなのかなって」

「ええっ？」

当の本人が気付いていなかったというのに。私が素《す》っ頓狂《とんきょう》な声を出すと、泰生が声を立てて笑う。

「『ええっ？』って、日和のほうこそ思い返してみて、心当たりないの？」

言われるがまま記憶を辿ってみる。

――確かに、奥薗さんに『多分ブッチ、日和さんに気があるんじゃないですかね～』と言われたことはあったけど、そのときは真に受けなかったんだった。

そういえば。それくらいの時期から、仕事中にふたりでやり取りしているときに、視線が意味深だったりとか、言葉のチョイスが妙に思わせぶりだったりすることが幾度かあったような気も……

「……な、なくはない、けど」

「だろ？」

素直に認めると、泰生はそれ見たことかとばかりに得意げにうなずいた。

「たまにしか会わないのに、泰生はよく気付いたね」

「同じ女を好きなヤツには敏感だよ。男って」

「……っ、そ、そうなんだ」

――言わんとすることはわかるけど、淀《よど》みなく言われると、どうしても照れてしまうな。

照れるけど――泰生の、こういう風にはっきりと愛情表現してくれるところ、すごくいいなって思う。彼に必要とされているのが実感できるというか。

って、惚れ直すのもいいけど、今は小淵くんの話をしているんだった。

「次顔合せるの、気まずいなぁ……どうしよう」

あのあと、すぐにお客さまが立て続けにやってきて、すぐに営業モードになってしまった。泰生も気を遣って早々に帰ったこともあり、閉店まで話の続きをするような雰囲気ではなかったし、閉店したらしたで、小淵くんは自身の担当の片付けを済ませると、「おつかれさまでーす」といつもの調子で爽やかに去っていってしまった。

彼がなにを考えているのかわからない分、次どんな顔をして会ったらいいのか、悩んでしまう。

「どうするもなにも、小淵くんに日和を譲るわけにはいかないしな。また好意を伝えられたら、はっきり断るしかないんじゃないか」

「だよね……。でも、反応次第ではお店辞めちゃったりするかなっていうのも心配で」

私はため息交じりに経営者としての本音を吐露《とろ》する。

「彼、真面目だしいい子だし、できればもう少しいてもらえたらなって思ってるんだよね。お客さまとも上手にコミュニケーション取ってくれるから、かわいがってもらっているし。最近は若い女性のお客さまも増えたせいか、彼目当ての人もいて」

もちろん一緒に働く仲間として彼を大切に思う気持ちもあるけれど、うちのお店にとってプラスになる人材であるのも確か。だから、今回のことが原因で彼に抜けられるのは、非常に残念だ。

「なるほど、『フォルトゥーナ』に欠かせない戦力になりつつあるってことか。……まぁ、あくまで仕事仲間として接する、っていうスタンスを貫くしかないんじゃないか。彼、就活中なら長くても三月までだろ。新しい環境に目を向ければ気持ちも変わる」

規模は違えど同じ経営サイドにいる泰生は、私の気持ちを汲《く》んでくれたようだ。納得しつつ、彼なりの意見を述べてくれた。

「そっか。そうだね。……私にその気がないって示していれば、じきにわかってくれるよね」

どんなに遅くても、就職のタイミングで必ずお店を辞めることになる。私の態度が一貫していれば、いずれ諦めて、新生活に向けて気持ちを切り替えてくれるだろう、ということだ。

「俺のいないところで浮気するなよ」

「しっ、しないよ！　するわけないじゃんっ」

「冗談だよ」

泰生は軽い冗談のつもりだったのだろうけど、私がオーバーに否定してしまったものだから、彼はおかしそうに笑って言った。

「――俺は日和のこと信用してるから大丈夫。でも、小淵くんのことで困ったことがあったら、ちゃんと相談して。いい？」

「うん。……ありがと」

――泰生って、いじわるなこと言う割には、肝心なところで必ずフォローを入れてくれる。そういうところ、すごく優しいし、やっぱり好きだな、と思う。

「彼女が困ってるのに助けられない彼氏なんて、頼りないだろ」

「……えへへ」

『彼氏』とか『彼女』とか。普段気にして使っている単語ではないのに、私と泰生が特別な関係であることを示す言葉なのだと思うと、すごく大切な響きに聞こえてくるから不思議だ。つい口元が緩んでしまう。

「なに笑ってんの」

「別に」

……なんてことを考えていると知られるのは気恥ずかしいから、訊《き》かれても答えなかった。

「泰生のほうはどう？　仕事は順調？」

「うーん……」

「なにかあった？」

泰生にしては妙に歯切れの悪い返事だ。先を促すと、彼は少しの沈黙のあと、悩みながら口を開いた。

「古橋家に生まれたからには、家業を継ぐのは絶対だったから、今までちゃんと考えたことなかったんだけど……俺、このままでいいのかなって、少し思い始めてる」

「……うん」

思ったよりヘビーな話だ。彼の言葉を邪魔しないように、相槌《あいづち》を打つだけに留める。

「俺さ、やっぱり日和があれだけ傷ついたのに、兄貴がすんなり元のポジションに戻ったことが、まだ納得いってないんだ」

「泰生、でもそれはもう――」

「わかってる。兄貴は日和を傷つけたことを心から反省しているし、日和はそんな兄貴を許して、もう終わったことにしてくれたんだろ」

今ではもう、私も悠生くんも別れを選んだことに納得している。泰生もそれを理解はしているはずだ。重いため息とともに言葉が続く。

「――これは、俺の中の問題。兄貴と、兄貴の処遇を決めた父親にも疑問を抱いてしまってから、これまで会社の方針に対して持っていた違和感とか、反発心とかを、強く覚えるようになったんだ」

「……ゼノ・ホールディングスから離れたいってこと?」

「それも選択肢のひとつとしてありなのかな、と」

いつか仕事の話をしたとき、会社の方針に意見したいところがあるというのは聞いていたけれど……意外だった。泰生がそんなことを考えていたなんて。

「おじさん、すごくびっくりするし、反対すると思うよ」

「今度はお前かってこっぴどく怒られそうだよな」

自虐的に笑ったあと、彼は「でも」と口調を改めた。

「――もしそうなったら、ちゃんと自分の考えを説明してわかってもらうよ。時間をかけてでも説得する」

「…………」

彼のその語調には、すでに固い気持ちが存在するように思われた。

――本気なんだ。泰生は、ゼノ・ホールディングスから抜けて、別の会社に移るんだろうか……?

「まだ辞めるって決めたわけじゃないよ。そういう道もあるなって考え始めただけ。……ここで働きたいって思う場所が出てきたら、そうするかもってだけの話でさ」

なんと返事をするべきかわからず黙っていると、泰生がちょっと早口でそう捲《まく》し立てた。私が深刻に捉えていると察知したのだろう。

「……そっか、まだ辞めると決めたわけじゃないんだ。そうと知れてなんだかホッとした。

「私は、泰生が決めたことなら反対しないよ。でも、私がきっかけを作ってしまったんだって思うと、ちょっと申し訳ない気がして」

私のことがなければ、今いる自分の立場から離れようという気は起きなかっただろう。

古橋家は昔から仲がよく、素敵なファミリーだ。唯章氏は優秀な息子二人をとてもかわいがっていて、彼らに自分の会社をさらに大きくしていってもらいたいと話していた。

そんな古橋家の夢に水を差してしまったとしたら、いたたまれない。

「なんでだよ。日和は一ミリも悪くないよ。そういうことじゃないから、気にするな」

だけど、泰生がさらりと一蹴してくれたので、少し気持ちが楽になる。

「――あ、もう一時近いな。そろそろ寝るか」

その言葉に、時計を確認して驚く。もうそんな時間か。

「そうだね。つい話し込んじゃった」

本当はもっと話していたいけど、お互い次の日の仕事を考えると、これくらいまでが限界だろう。

「おやすみ、日和」

「……おやすみ、泰生」

通話を切ったあと、私は洗面所へ向かった。中途半端に乾いた髪をドライヤーで乾かしながら、直前に泰生と交わした会話の内容を反芻《はんすう》する。

泰生はゼノアグリを継ぐとばかり思っていたけど、そうじゃないかもしれないんだ。

——だったら、うちのお店に来てくれないかな。

そんな考えが頭に浮かんだけれど、すぐに打ち消した。

いやいや。確かに私と彼は考え方が近いし、『フォルトゥーナ』のこれからを相談するにはいちばん信頼できるけれど——泰生は頭が切れるし顔も広いから、引く手数多《あまた》なはず。うちのお店じゃ、彼を持て余してしまうだろう。

そもそも、なんだかんだ言って家族仲や兄弟仲はいいから、実際のところは行動に移さないに違いない。

……バカなことを考えていないで、もう寝よう。

髪が完全に乾くと、私はすぐに自室のベッドに潜り込んだ。

◆◇◆

それから三日後。私が気を揉《も》む時間が、とうとう訪れた。

「おはようございまーす」

「お、おはよう、小淵くん」

厨房でランチのミートソースを仕込んでいると、小淵くんがバックヤードにつながる扉を開けて中に入ってきた。私は鍋の火を止めて振り返り、努めてナチュラルな笑顔で挨拶をした。

「今日のランチは日和さんとふたりっきりか〜、うれしいですね」

「………………」

私を見つけるなり、満面の笑みを浮かべ『ふたりっきり』を強調する小淵くん。さっそく反応に困ってしまい、空白が生じる。

「えー、ノーリアクションですか？　寂しいな〜。好きな気持ちをストレートにアピールしてみたつもりなんですけど、伝わってません？」

「……あの、小淵くん」

このまま押され続けているわけにもいかない。その気がないことを伝えないことには、彼にも理解してもらえないだろう。慕ってくれる気持ちはありがたいので悪い気もしつつ、私は心を鬼にして毅然《きぜん》と呼びかけた。

「あなたの気持ちはうれしいけど、私……この間報告した通り、泰生と付き合ってるので」

「はい、知ってます」

だから諦めてください。そんな意図で告げたのに、小淵くんは笑顔をキープしたまま、実にあっさりとそう言った。

……ん？　なに、そのリアクション。

「彼氏がいる人に、アプローチしちゃいけないってことはないですよね？」

「えっ？」

「結婚してるわけじゃないんですから、問題ないですよね？」

「な、なに言っててっ……」

訊《たず》ねる体《てい》をとっているけれど、むしろ断言するようなトーンだ。悪びれる様子は少しもない。

なんか、想像してた展開と違うんですけどっ……！

「あ、日和さん。トマトソースついてますよ」

そのとき、小淵くんが軽く目を瞠《みは》って言った。

「え、どこっ？」

「――ここです」

彼は片手の人差し指を私の顎にかけると、親指で私の頬を軽く拭う。

「っ!?　ちょっとっ……！」

――そういうのって、教えてくれるだけで十分じゃないだろうか。というか、触っていいなんて言ってないのに！

反射的に彼の手を振り払ってしまった。と同時に、顔が熱くなってくる。

「照れてます？　かわいい」

こんな風に異性から触れられたら動揺するのは女性として普通の反応だ。なにか言い返したい気持ちはあるものの、頭が真っ白になってしまって言葉が出てこない。

「……年上なのにそういうピュアなところ、すごく素敵だなって思うんですよね。もっとそういう顔、見せてほしいなぁ」

口をぱくぱくさせるばかりの私に、彼はうっとりとした表情でつぶやいた。

「――ってわけで、オレ諦めませんから」

「そ、そんなの困るよっ……！」

やっとのことで言葉を紡《つむ》ぐと、小淵くんが不敵な笑みを振りまく。

「困らせてすみません。でも諦めるの無理なんで」

「小淵くん！」

「テーブル消毒しまーす」

どうにか諭《さと》そうと呼びかけたけれど、彼は話はこれで終わりとばかりにホールの準備に入ってしまう。

「…………」

仕方なく、私もミートソースの入った鍋に向き直り、再びコンロに火をつけた。

レードルで中身をぐるぐると掻き混ぜながら――これは面倒なことになってしまった、とまた悩むのだった。

◆◇◆

状況は変わらず、そろそろ梅雨時《つゆどき》かというころ――

「日和さん、大丈夫です？」

「あ、はい。休憩取れないのは、最近よくあるので」

『フォルトゥーナ』は今日も盛況。若者へのアピールの効果は絶大で、最近、ディナーについては平日でもお断りするお客さまが出てきたほどだ。

そのため従業員も常になにかしらの仕事を抱えている。私はすでに、夜の休憩を取ることを諦めているから、カウンターですれ違った奥薗さんにそう答えた。

「そうじゃなくて――いえ、それも大変だと思うんですけど、私が訊《き》きたかったのはブッチのことですよ」

奥薗さんが、ホールで赤ワインを運ぶ小淵くんを視線で示しながら、声を潜める。

「あの子、最近開き直ってますよね」

「あー……ですねぇ」

彼女の言う通り、最近の小淵くんはなかなか大胆で、みんなで普通に会話をしているときも私への好意をまったく隠そうとしない。仕事中はなにかにつけてそばにいたがるし、仕事が終わったら終わったでご飯やお茶に誘ってきたり。

それは泰生がお店にやってきたときも変わらずで、私たちが話しているところへ強引にでも割り込んできたり、そもそも私を泰生のいるカウンターに近づけないようにあれこれ訊《たず》ねてきたり……と、なかなか対応が難しい。

「私からも言ってるんですけどねぇ〜。『泰生くんには敵わないから無駄だよ』って。でも全然響いてなくて」

「そうなんですよね……」

私も都度、適度な距離をもって接していて、小淵くんにはなびかない姿勢を示しているのだけど、彼が行動を改める気配はない。

「もっと強く言ってやりましょうか？」

「特になにかされてるわけでもないので、大丈夫です。それに、小淵くんはお店のためにもいてもらいたい人なので、働くことへのモチベーションは下げたくない、というか」

いやなことや仕事に差し支えることを強要されているのならもっと強く出るべきと思うけれど、彼もそのあたりのラインは守っているようだし、今のところは泰生も「仕方ないね」と笑って済ませてくれている。

お店がますます忙しくなっている今、業務に慣れた彼が急にいなくなってしまうほうがつらい。

「……わかりますけど、それだと日和さんも気疲れするでしょう」

一緒に働く奥薗さんもその点では同じ気持ちだろう。それでも、眉尻を下げて私を気遣ってくれる。

「いえ、そんなことは。私は伝えなきゃいけないことを伝えているだけですし」

好意を受け流すという行為に良心は痛むものの、彼がどう訴えかけてきても、私のするべきことは変わらない。気持ちには応えられないことを、伝え続けるだけだ。

「それこそ、泰生くんに間に入ってもらえばいいんじゃないですか？」

奥薗さんは、口を「あ」の形に開けてから、ほんの少し早口でそう提案する。

――うーん、泰生か……

「……それも考えたんですけど、やっぱり経営者としては、自分で解決すべき問題なのかなとも思ったりして……」

泰生は困ったら頼ってほしいと言っていたし、今回の件についても彼自ら「俺がきちんと話をつけようか？」と言ってくれている。

でも、自分の店の従業員との問題なのだから、まずは私だけでどうにかしたい気持ちがあった。アルバイトの男の子ひとり納得させられないのでは、あまりに頼りないだろう。

「日和さんっ」

すると、カウンターを挟んでちょうど私たちの正面にやってきた小淵くんが、妙に声を弾ませて私の名前を呼んだ。

「噂をすれば、影――ですね」

「どうしたの？」

奥薗さんのつぶやきはおそらく私にしか聞こえなかったはずだ。私が小淵くんに訊《たず》ねると、彼はちらりと店内の壁掛け時計を見やってから、改まった口調で切り出した。

「あの……今後のシフトのことでご相談したいことがあるんですが、閉店後、少しお時間取ってもらってもいいですか？」

「あっ、うん。わかりました」

「よろしくお願いします」

用件だけ言うと、彼はホールに戻り、テーブルの食べ終わった食器を片付けてくれる。

「就活に専念したい、か。逆に、就活が終わったのでたくさん入りたいです、か。どっちも考えられますねぇ」

小淵くんの動きを目で追いながら、奥薗さんが私に耳打ちをした。

「いつになく真面目な顔をしてたから、前者かもしれないですね」

彼女にしか聞こえないように声を絞り、今度は私が耳打ちをする。

彼があぁいう神妙な雰囲気で話しかけてくるのは珍しい。それだけ大切な話なのだろうと推測できる——たとえば、お店を辞める、とか。

「うーん、あんまり就活できてないみたいなこと言ってた気がするから、そういうことですかねぇ〜。お店的にはキツいですけど、まぁ要《い》らぬ苦労とさよならできると思えば、それはそれでアリなんじゃないでしょうか」

首を捻《ひね》りつつも、奥薗さんはちょうどよかったとばかりに私の肩を優しく叩いた。

「……そう、ですね」

大学生だし、いつかは辞めてしまうのはわかっていたけれど、もしそういう話なら思ったよりも早いタイミングだったな。

「ブッチ、なんだかんだで仕事できるし面白い子だったので……少し寂しいですけどね」

「はい……」

お店を一緒に支えてくれたメンバーがいなくなるのは私も寂しいけれど、彼には彼の人生があるし、素直に応援したいと思う。

ちょっとしんみりした気持ちになりつつも、その日の営業を最後まで滞りなくこなした。

——閉店後。四人での食事を終えたあと、奥薗さんと佐木さんは早々に帰宅した。

ふたりきりになったところで、私と小淵くんはふたりがけのテーブル席に移動する。

「すみません、日和さん。お時間取らせて」

「ううん。それで、シフトの相談って？」

さっそく本題を促すと、姿勢を正した彼が口を開いた。

「えっと、実は……オレ、もう少しここのシフト増やしたいなって思ってて」

「えっ？」

「ていうか、ここに就職しちゃだめですか？」

「ええっ？」

想像とは真逆の内容に、叫びに近い声を上げてしまう。

「——な、なに言ってるのっ……うちの店にって、本気？」

「本気です。オレ、需要ないですか？　日和さんさえよければ、卒業してからも雇ってほしいです」

「え……あ」

真剣な表情で前のめりになる様子を見る限り、冗談を言っているようには見えない。

「この店好きなんですよね。お客さんとのやり取りは楽しいし、やりがいも感じるし。なにより、日和さんとずっと一緒に働けるなんて最高じゃないですか。日和さんも、『これだけ忙しいならもっと人手があってもいい』って言ってましたよね」

「で、でも……小淵くん、大手企業に入って不安のない生活をしたかったんじゃないの？　うちは個人店だからなにも保障できないし……期待には沿えないかも、と」

畳みかけてくる小淵くんに、私は以前に交わした雑談の中で彼が口にしていた台詞《せりふ》を思い出して言った。自営業はどう転ぶかわからないし、彼の理想の就職先とはほど遠いはずだ。

「そういうの、今はどうでもいいんです」

けれど彼はバッサリと斬り捨て、真摯《しんし》な瞳で私を見つめる。それまでとは違う、慈愛に彩られた眼差しを向け、訴える。

「そばで日和さんを助けたいんです。好きな人の役に立ちたいと思うのは当たり前のことですよね」

「そ、そう言われても……」

気持ちはありがたいけれど、それとこれとは別問題だ。難色を示してみせるも、小淵くんはめげない。強い意思を持ってこちらを見据えている。

「ホールだけじゃなくて厨房のことも覚えます。返事は今日じゃなくてもいいので、考えてみてもらえませんか？」

この場で説得したところで、素直に聞いてくれそうもない雰囲気だ。

……一度持ち帰って、改めて返事をする体《てい》をとろうか。熟考した上での判断なら受け入れてくれるだろう。

「……わ、わかり、ました。検討します」

彼の勢いに押され、私はそう答えざるを得なかった。

帰宅後、リビングのソファへ直行し、迷った末に泰生に電話をかける。彼は三コールもしないうちに応答してくれた。

「え、小淵くんが『フォルトゥーナ』に就職したいって？」

話の内容はもちろん、直前に小淵くんから受けた相談についてだ。

「そりゃあ、社員になってくれるのは心強いよ。今はなんとか回ってるけど、彼が固定で入ってくれたらほかの人の休みも回しやすくなるし」

佐木さんや奥薗さんとも上手くやってくれているし、そこだけ切り取れば、私にとってもありがたい話のようにも感じる。

「でも新卒の子、それもいわゆる普通の四大卒の子を雇うのはちょっと気が引けるよね……」

うちのような小さな店では、ひとりひとりが即戦力であるのが望ましい。アルバイトと社員では求めるものが変わってくるのは言わずもがなだ。

「個人的には、反対だな」

泰生が食い気味に言った。

「もともと就職するまでって話だったんだろ。四年生のこのタイミングでそんなこと言い出したのは、就活が上手くいかなくて、楽なほうへ逃げようとしてるんじゃないのか」

「……飲食店だって大変だよ。向き不向きがあるだけの話で」

——泰生はそのつもりはないんだろうけど、一般企業への就職よりもうちのお店で働くほうが楽、みたいな言い方に少し引っかかった。スルーするべきと思いつつ、つい突っ込んでしまう。

「俺が言いたいのは、就活にきちんと向き合えないヤツはそのあとも続かないってことだよ。『フォルトゥーナ』だから働きたいって思ってくれないと」

「そう言ってたよ。お店が好きだって、お客さまとのやり取りが楽しくて、やりがいを感じるって。店が好きで働きたいって言ってくれてるのは本当だと思うよ」

私はちょっとムッとして言い返した。小淵くんは仕事をきちんとこなしてくれているし、お店のことも彼なりに愛してくれていると信じている。この約一年半、ともにお店を支えてくれたことは事実だから、そこはフォローしなければ。

すると、電話越しに小さくため息が聞こえた。

「……そうかな。店での様子を見てる限り、どうせ日和と一緒にいたいとか、そういう単純な理由が大きいんじゃないの？」

「…………」

『そばで日和さんを助けたいんです。好きな人の役に立ちたいと思うのは当たり前のことですよね』

頭の中で小淵くんの台詞《せりふ》がこだまする。動機がそこにもあるだろうことは明白だった。

「図星なんだろ?」

「うん……それも言われた」

私が認めると、泰生が「じゃあ」と語気を強める。

「余計に迷う必要ないだろ。彼は雇わない。それで決まりだ」

「でも、うれしいじゃない。うちみたいなお店に興味を持ってくれたなんて。……佐木さんや奥薗さんはお父さんの昔からの知り合いだけど、彼は違うもの。実際、人手不足なのもあるしね」

小淵くんの将来を考える上でも、私への想いを断ち切ってもらうためにも、彼の決断を歓迎するべきではないのだろう。でも一方で、私がもっとも大切にしている『フォルトゥーナ』に愛着を持って働いてほしい、という気持ちも存在するわけで。

「じゃあ日和はどうしたいの? 小淵くんに、店に就職してほしい?」

どっちつかずな態度でいるせいか、彼の物言いに鋭さが交じる。

「だ、だからそれを相談してるんじゃない」

――自分でも中途半端なことを言っているのはわかっているけれど、そんなにイライラした口調で言わなくたっていいのに。

「相談されたから俺なりの意見を話してるつもりなんだけど、日和は別の答えが欲しかったみたいだな」

「……なんで怒ってるの?」

「怒ってないよ、別に」

――うそだ。怒ってないなら、どうしてそんなにそっけない言い方をするんだろう。

「…………」

私たちは少しの間沈黙していたけれど、その静けさに耐えられなかったのか、先に泰生が音《ね》を上げた。

「――悪い。明日朝イチで会議なんだ。もうそろそろ寝るよ。おやすみ」

「あっ、泰生」

言うが早いか、彼は通話を切ってしまった。直後、無機質な電子音が耳に響く。

「……やっぱり怒ってるじゃない」

ケンカしたかったわけじゃないのに。……どうしてこうなっちゃったんだろ。

私はスマホの画面を消すと、大きく息を吐いてソファに横になった。

■□■

日和との電話を切った直後、俺はスマホを放り出し、ベッドで寝返りを打った。

――自分でも大人げなかったと反省している。久々の自己嫌悪だ。

日和が俺のことしか見てないのはわかっているのに、時折、心変わりされてしまうのではという不安が覗いて、嫉妬してしまう。たとえその相手が、アルバイトの大学生であったとしても。

店での小淵くんの振る舞いを見るに、彼の日和への想いは、気まぐれじゃなさそうだ。

彼が日和のそばに来たがるのも、俺との会話をあれこれ理由をつけて邪魔してこようとするのも、本当は気になって仕方がないけれど、日和の手前、なんでもないふりをしている。

今の俺は、昔とは違う。日和の彼氏なんだから、堂々としていればいいんだ。日和にとって小淵くんは店の大事な従業員なのだし、俺がいやがる素振《そぶ》りを見せられて気分がいいわけない。

わかっているのに……今回ばかりは、我慢が利かなかった。

――小淵くんと日和を遠ざけたい。日和のそばにいてほしくない。俺が不安になるから。

そんな気持ちを、冷静なアドバイスで覆い隠そうとした自分がずるいと思う。しかも、日和が自分の思った通りの反応じゃなかったからといって、苛立ってしまうとは論外だ。

日和が小淵くんを手放したくないのは、あくまで店の人材としての話だろう。異性としてじゃない。なのに――

「……どうして不安になるかな」

自虐的にそうつぶやいたあと、枕元のリモコンで部屋のシーリングライトを消した。そして、静かに目を閉じる。

このまま眠りに落ちて、気持ちをリセットしたい。そうしたら、明日の朝、素直な気持ちで日和に「ごめん」と謝罪のメッセージを送ることができるだろう。

……だめだ。気持ちがささくれ立って眠れそうにない。

必要以上に悪感情を持ってはいけないと思うのに、彼の顔が頭に浮かぶほどに苛立ちが増し、心が尖《とが》っていく。

日和にちょっかいを出しているのも腹立たしいけれど——俺が密かに決意を固めていたことについて、先を越されたのも癪《しゃく》に障った。

これ以上日和に近づかないでほしい。日和を渡すつもりはない。

……と、多少険悪になったとしてもハッキリ伝えられたらいいのに、平和主義者の日和は、それをよしとしないだろう。

彼女のそういうところは魅力的だけれど、一方で面白くないと思ってしまう自分もいる。

日和を信用しているのに、もしかしたら小淵くんに言い寄られて悪い気はしていないのでは……とか、勘繰《かんぐ》ってしまったりして。

——だめだ。そんなこと考えたって気持ちが沈むだけだ。邪推はしないで、もう寝よう。

胸にもやもやとしたものを抱えながら、俺は固く閉ざされた眠りの世界への門を、時間をかけてこじ開けたのだった。

◆◇◆

「はぁ……」

「どうしたんですか？　日和さん」

翌日のディナータイムの終わり。店内の清掃を済ませ、そろそろ店を閉めようというころ。

昨日の泰生との会話が不意に頭を過《よぎ》って、盛大にため息を吐いてしまう。それを聞きつけた小淵くんが、テーブルを消毒して回る私の横に立ち、顔を覗き込んでくる。

「あ、ごめん、なんでもない」

「悩みごとですか？　それならオレに相談してくださいよ」

「本当、大丈夫。ありがとう」

——まさか、悩みごとの原因が彼にあるとは言えない。私は苦笑して片手を振った。

「ところで日和さん、昨日の話、考えてくれました？」

今日は奥薗さんはお休み。佐木さんも、明日は釣りに行くとかで、営業が終わってすぐに帰ってしまった。だからだろう、彼のほうから例の話を切り出してきた。

「公私で日和さんを支えたいって話です」

「そ、そんな言い方してなかったじゃないっ」

ペーパータオルを傍らに置き、身体ごと彼のほうを向いて小さく喚《うめ》く。なんだか違う含みを持った表現だ。

「えー、でも伝わってますよね？　オレ、仕事でもプライベートでも、日和さんのいちばんの味方でいたいです」

まるで主人に駆け寄る子犬のような、少しの淀《よど》みもないきらきらとした瞳で訴えかけてくる小淵くん。気持ちは本当に、本当にうれしいのだけど——

「……前から言ってるけど、私はあなたとはお付き合いできません」

私は、彼との間に境界線を引き続けることしかできない。私はきっぱりと言った。

「でも想い続けるのは自由でしょう？」

今日まで何度も、何度も繰り返されているやり取りだからか、彼はやっぱり堂々としていて、怯《ひる》まない。だからこそ私も、折れるわけにはいかない。

「何度同じことを言われても、どれだけ時間が経っても、私が好きなのは泰生だけ。申し訳ないけど、小淵くんのことは大切な仲間としか思えない」

これまでよりも、強めの語調で言い放つ。私の気持ちが変わる可能性はないことを、きちんと伝えなければいけないと思った。すると。

「それって、日和さんがそう思おうとしてるだけなんじゃないですか？」

「きゃっ」

小淵くんが、私の手首を引いて私の身体を引き寄せ、もう片方の手で私の腰を支えた。私の意思とは関係なしに、彼に抱きしめられるような体勢になってしまっている。

「こうしたら、オレのこと男として見てくれます？」

「っ、ちょっと、待って……」

抱きしめる腕の力を強めながら、彼が熱っぽい瞳で私を見つめ、顔を近づけてくる。

——完全に油断していた。今まで彼に、こんな風に強引に迫られたことなんてなかったから。

「だめっ——」

私が渾身《こんしん》の力を込めて彼の胸を押そうとしたとき、店のドアベルが鳴った。私と小淵くんの意識が、瞬間的に扉のほうへ向けられる。

扉の前に立っていたのは――スーツ姿の泰生だった。

「た、泰生、違うの、これは」

驚いたのは小淵くんも同じみたいだった。腕の力が緩んだので、彼の拘束を解きながら、泰生のほうへ向いて首を横に振る。

――どうしよう。こんなの、絶対誤解されちゃうっ……!

「わかってる。……小淵くん」

責められてもおかしくない状況だったけれど、意外にも泰生は冷静だった。ひとつうなずきを落とすと、私のとなりで立ち尽くす小淵くんの前に歩み出て呼びかける。

「この際だからはっきり言わせてもらうよ。日和は絶対に振り向かない。俺がいるからね」

「今はそうかもしれませんけど、オレがこの店に就職して、公私ともに日和さんを支えられるようになれば、変わるかもしれませんよね」

小淵くんが軽く首を傾げると、泰生がふっと口元を緩めて笑った。表情こそ穏やかだけれど、対《たい》峙《じ》する彼らの視線は激しくぶつかり、火花を散らしているのが見て取れる。

「残念ながらそれもない。日和は君を雇ったりしないよ」

そして続けざまに、予想もしていなかった台詞《せりふ》が発される。

「――どうしても人を雇う必要があるのなら、俺がここで働く」

「泰生が!?」

……え、なに？　どういうこと？

「た、泰生さんにはゼノアグリがあるじゃないですか。さすがに二足のわらじは無理でしょう？」

これにはさすがの小淵くんも動揺を見せた。声を上ずらせ、口元をひくつかせている。

「俺は別に、そっちを辞めたってかまわない。日和の公私を支えるのは俺だ。そうだろ、日和？」

私に視線をくれ、同意を促されるけれど……そんなの初耳だ。

――泰生ったら。いきなりなにを言い出すの？

……あ、もしかして。話を合わせろってことなのだろうか。

やはり小淵くんをこのお店で受け入れるのは現実的ではないし、私のことを諦めてもらいつつ、この場を切り抜けるにはその方法がいちばん有効なのかもしれない。

「そ、そういうわけだから、ごめんね、小淵くん」

私はまだ少し不思議に思いつつも、彼の助け舟に乗ることにした。もっともらしく謝ってみせると、泰生が表情を引き締める。

「君はまだ若いし、ちゃんと就活に集中して。せっかく新卒のカードを持っているんだから、一度外の世界を覗いてきたほうがいい。それでも『フォルトゥーナ』に戻ってきたいと思うなら、そのときまた日和に相談すればいいだろう」

「……でも、オレはこの店で、日和さんと働きたくて」

悲痛に眉根を寄せ、小淵くんが縋《すが》るように私を見つめる。……少し良心が痛むけれど、仕方がない。

「まぁ、それも君の本心なんだろうけど、本音はもっと違うところにあったりしない？　たとえば、その決断をすれば就活に挑まなくて済む、っていう打算があったりとか」

「っ……オレはそんなっ……」

続く泰生の指摘に、小淵くんの顔色が変わった。ひょっとすると核心を突いたのかもしれない。

彼が悔しそうにきゅっと唇を噛む。

「――お、お先に失礼しますっ……！」

これ以上、この場にいるのは耐えかねるといった風に、彼は近場の椅子に置いていた自身の荷物を手に取り、店を出ていってしまった。効果はてきめんだったようだ。

……というか、プライドを傷つけてしまったかな。

「日和」

ちょっと悪いことをしたかも、という思いが過《よぎ》った刹那、泰生が私の名前を呼んだ。

「た、泰生、ありがとう。泰生が機転を利かせてくれなかったら、私――」

感謝を述べ終わる前に、身体を掻き抱かれる。泰生の香水の香りがふわりと漂った。

「小淵くんになにもされてない？　大丈夫？」

「う、うんっ……私は、平気」

「よかった」

心底安堵《あんど》した声が耳元で聞こえる。

……そっか。そもそも泰生がここに来てくれなかったら、本意じゃない展開になっていたかもしれないんだ。

泰生は私のヒーローだ。いつだって、どんな状況だって、必ず私を救ってくれるのだから。

安心し切った私は、彼のスーツの袖をぎゅっと握りながら、ホッと息を吐いたのだけど――

「――じゃ、どうしてあんな状況になってたか、店閉めてからゆっくり聞かせてくれる？」

そっと腕の力を緩め、私の顔を覗き込んだヒーローの瞳は、どこかいじわるで――いつもとは違う、怒りにも似た光をまとっていたのだった。


「んんっ、待って、泰生っ……！」

「待たない。日和だって、俺の言うことちっとも聞いてくれないだろ」

お店を閉め、二階の自宅に帰るなり、泰生は私の手を引いて寝室へと向かった。

するすると手際よく仕事着や下着を脱がされ、無防備な姿になった私を見下ろしながら、彼自身ももどかしそうにスーツの上着を脱ぎ、ネクタイを解く。

「――最初から俺も一緒に小淵くんと話をすれば、それで解決したんじゃないか。結局、回り道しただけだ」

「だってっ……うちの従業員とのことだから……んんっ……経営者の私が、話をつけるべきだと思ったんだもんっ……」

私をベッドのシーツに縫《ぬ》い付けるように仰向けに押し倒した泰生が、私の首筋に音を立ててキスをする。くすぐったさに吐息をこぼしつつ、私なりに考えたことであると反論すると、顔を上げた泰生の眉がぴくりと跳ねた。

「日和のド真面目なところ、けっこう好きだけど……こういうときは腹立つよね」

「あんっ！」

だからお仕置き――とばかりに、私の胸元に顔を埋め、露《あらわ》になっていた膨らみの頂をぱくりと口に含んだ。唇で頂を柔く食《は》んで扱《しご》きながら、緩く刺激を与えてくる。

「ふぁ、あっ……」

「……俺のこと、ちゃんと頼れよ。今日だって、俺が店に行かなかったら……どうなってたかわかんないよ？」

「っ、そ、そうだよね、それは……ごめんっ……」

愛撫しながら私の反応を窺《うかが》ってくる泰生。私は、正直に自分の非を認めた。

今まであういう場面がなかっただけで、もっと心得ておくべきだった。彼が来てくれて、本当に助かった。

「素直に謝れるのはえらい。ご褒美な」

「んんんっ……！」

泰生はニッと笑うと、胸の先をちゅっと吸い立てる。途端、ぴりっとした刺激が、お腹の奥のほうまで駆け抜けていった。

「ふ、ぁ……で、でもっ……どうして、んぁっ……お店に、来てくれたのっ……？」

もう片方の胸の頂にも同様に吸い付きつつ、彼は、唾液で濡れてしこった胸の先を指先で摘んだり、転がしたりする。そのたびに甘やかな感覚がじわじわと身体中に伝播《でんぱ》していくようで、訊《たず》ねる声が震えてしまう。

「……昨日の電話のこと、謝りたかったんだよ。大人げなくあんな態度とったから」

再び顔を上げた泰生は視線をさまよわせたあと、ちょっと決まり悪そうに言った。

「そんな……私も変なところで突っかかっちゃったし」

大人げなかったのは私だ。相談を持ちかけたのは私のほうなのに、話の筋とは関係のないところで苛立ってしまい、泰生を怒らせた。

「俺さ、アドバイスしながら……ただ単に、小淵くんに嫉妬してたんだよ。日和を取られるかもと思って、シンプルに、そばにいてほしくなかった」

「……だから怒ってたんだ」

あのとき怒っていたのは、私がツンとした反応をしたからじゃなくて——ヤキモチを焼いてくれていたから、だったんだ。

——そっか。そうだよね。泰生が今まで、小淵くんの前では大人の対応をしてくれていたから、あまり意識していなかった。私がもし逆の立場なら、同じように嫉妬するだろう。

「今、笑ったろ?」

「んぁあっ!」

思わず口角が上がっていたのを気付かれてしまったようだ。

泰生が少し悔しそうに言い、指先で胸の頂を優しく弾く。

「だって……そんな風に思ってくれてたんだって、うれしくてっ……」

――誰にも取られたくない。自分だけのものにしたい。……そう思ってくれてるってこと、だよね？

「やっと告白して、気持ちが通じ合った矢先に……ぽっと出の大学生に迫られてるんだから嫉妬もするだろ。日和は立場もあるから仕方ないにせよ、あんまりいやがってなかったし」

恨めしそうな視線で揶揄《やゆ》して訴える泰生に、私は焦って首を横に振り、弁解する。

「そ、それは、ごめんっ。でも、彼に気持ちが傾いたとか、そんなのは全然ないよっ」

小淵くんのことは、異性というよりお店の子という視点で見ているからか、とにかく穏便に済ませたい一心だった。……でも泰生からしてみれば、いやがっていないように見えたのかも。

「……わ……私が好きなのは、泰生だけ、だから」

ほかの人によそ見なんてする暇はないくらいに泰生だけを見つめていると、自信を持って言える。今となっては、誰も代わりになり得ないかけがえのない人だ。

「知ってる」

私の真剣な眼差しを受け取りつつ、彼はからかうように少し笑った。それからちょっと強引に唇を重ねてくる。

「んんっ……！」

唇の熱さにドキドキしながら、これまで幾度も触れ合ってきた柔らかな感触に、安心感をも強く覚えた。大好きな彼氏と触れ合っている幸福感を享受し尽くす。

「っ、はぁっ……もっかい言って？　日和」

「ふぁ、ああ、んぅっ……」

押し付けた唇から舌先を挿し入れ、絡めるように遊ばせたあと、彼がウィスパーボイスで囁《ささや》く。

「好きって言葉、聞きたい……聞かせて」

扇情的な声に、深く思考することができなくなる。彼の要求に応えたいという衝動に駆られ、嬉々として口を開いた。

「ん、ふぁ……す、きっ……泰生、好きぃっ……」

――好き。泰生が好き。もっと求めてほしいし、求められたい。

頭がぼーっとして、呂律《ろれつ》が回らない。きっと私は、だらしない顔をしているのだろう――恥ずかしい。

「その顔……かわいすぎてヤバい……俺も好きだよ」

「ふぁあああ……！」

ところが、そんなあられもない表情が、彼の欲望に火を点けてしまったようだ。私よりも熱い彼の手のひらはするりと胸元を撫でたあと、脇腹や恥丘を通って秘部まで下りていく。

そして、指先で秘裂をまさぐりながら、別の指で秘芽を柔く転がし始めた。

「それだめぇ……一緒にいじっちゃっ……！」

「どうして？　……ここ、同時にされると気持ちいいだろ？」

「んんんんっ……！」

秘芽への鮮烈な刺激で滲む蜜のおかげで、入り口は容易にこじ開けられてしまった。内壁を擦《こす》りながら、長い指が奥へ奥へと吸い込まれていく。

——だめ、お腹っ……外もナカも、気持ちいいっ……！

「すごい反応。もう二本目が欲しいかな」

抵抗感があまりなかったのか、彼はすぐにナカに挿《い》れる指を二本に増やした。軽く曲げられた中指と人差し指が揃って、ときにばらばらに動いて、快感を奏でる。

「——奥から熱くてとろとろしたのが溢れてくる……ねぇ、この音、すっごくやらしい」

指を増やしたことで水音が重くなる。ナカを擦《こす》り、じゅぷ、じゅぷといやらしい音を紡《つむ》がれるたびに、享楽は増していく。

「た……泰生のせいだよっ……」

はしたなく乱れる様子を聴覚から示されて恥ずかしい。頬に熱が帯びていくのを感じながら、私は小さくつぶやく。

「泰生が、気持ちいいこと……いっぱい教えてくれるからっ……」

知らなかった快感を教えてくれたのは全部、泰生だ。

私がすっかりいやらしくなってしまったというのなら、彼のせいだろう。彼が私を、こんな風に快楽に従順な女にしたのだ。

「日和は俺を煽《あお》るのが上手いよな」

私を見下ろす彼の瞳が、妖《あや》しく細められる。

「――今日もちゃんと教えてやるから期待して」

それまでよりも深い悦《よろこ》びを与えようという明確な意思を持って、指先が蠢《うごめ》く。熱く潤んだ粘膜を擦《こす》り、甘く切ない感覚を下肢に焼き付けながら、赤く腫れた粒を捏《こ》ねる。

「ぁああ、泰生、やぁあっ……！」

「説得力ないな。ナカ、こんなにドロドロにして」

より粘性を増した水音を立てながら、泰生の指先がナカを行き来する。お腹の内側の感じやすい場所を刺激されると目が眩《くら》んで、意識が遠のきそうな気さえした。

「んんんっ――それやぁっ……だめ、だめぇっ……!!」

逃れられない愉悦を強制的に浴びせられながら、全身に強い緊張が走った――その刹那、高まり切った衝動が弾ける。私は背を弓なりに曲げ、凄烈《せいれつ》な恍惚《こうこつ》に感じ入った。

「はぁっ、はぁっ……んんっ、ぁあっ……」

私が達したことを察すると、泰生はすぐに秘所から指先を抜いた。水あめを垂らしたように光る二本の指をぺろりと舐める姿に羞恥を煽《あお》られつつ、発情しきった獣のような獰猛《どうもう》な眼差しに、身体の奥がなおも疼《うず》いてしまう。

「日和、おいで」

「っ……？」

呼吸を整えることに専念している間に、泰生も自身の衣服を脱ぎ払っていた。彼は私の腕を引き、ベッドの足元のほうへと移動する。

「や、ここ……見えちゃうっ……」

クローゼットの近く、そこには姿見が置いてある。

「そのために来たんだよ。ここにね」

恥じらう私に構わず、彼はベッドに浅く腰かけた。その膝の上に、有無を言わさずに私を同じ向きで座らせる。すべてを露《あらわ》にした泰生と私の、重なる姿がくまなく見えてしまう。

「ちゃんと見てて。自分が俺のものになるところをさ――」

背後でパッケージを破く音が聞こえた。ほんの少しの間のあと、私のお尻が持ち上げられて、直前よりも深く腰かけさせられる。

――両脚の間に、熱い塊。ぬるぬるした淫蜜をまぶしつけたあと、再度お尻を上げられて、猛々《たけだけ》しく反り返ったものを押し当てられる。

「ぅんんんっ――!」

滑りも手伝って、入り口はスムーズに怒張を受け入れた。お腹の奥が物理的に満たされていく感覚とともに、途方もない快感が背中を駆け上がっていく。

「ほら、ちゃんと見て、日和。……どうなってる?」

背後から腰を支えられつつ、大きく両脚を開かされる。膝をつんつんと指で突かれ、私は正面の姿見に映る自分たちを見つめた。

「あ、ぁあ……」

――泰生のいきり立ったものを、だらだらと涎《よだれ》を垂らしながら、下の口をいっぱいに広げて咥《くわ》え込んでいるのが見える。

――こんなの恥ずかしい。直視していられない。

そう思うのに……映り込む虚像から目を離せない。

「鏡に映ってるでしょ？　ちゃんと俺に教えて」

「ひぅうっ！」

耳朶《じだ》を噛んで促されると、別の回路からやってきた快感でナカが震えてしまうのが、自分でもわかった。

「た……泰生の、がっ……私の……ナカに、全部っ……挿入《はい》ってるっ……」

言葉にすると、悦《よろこ》びと興奮がいや増していくようだった。彼と触れ合っている場所がきゅんきゅんと切なく疼《うず》く。

「そうだね。ちゃんと言えたな」

「あっ⁉」

泰生は満足そうに笑うと、ゆっくりと腰を突き上げ始めた。

「日和は俺だけのものだっ……それを目に焼き付けてっ……」

「動いちゃやぁっ……！」

つながって、その姿を見せつけられているだけでも気持ちいいのに――その上、さらなる快感が乗っかってきたら、耐えられる気がしなかった。

「はぁっ……動かないと……気持ちよくなれないだろ？」

「んぁっ、も……気持ちいい、のにぃっ……！」

ただでさえ達しやすくなっている身体にはヘビーな刺激だ。腰を掴まれ、ゆさゆさと身体を揺さぶられると、自重によって彼の切っ先がナカのあちこちで擦《こす》れて、愉悦が止まらない。

「っ、それぇっ……！」

特に、突き上げのタイミングと身体が下がったときのタイミングが合致すると、すさまじい喜悦《きえつ》に意識を支配され、少しずつ理性が削られていく。

――これ、お腹の奥に響いて……なにも考えられなくなるっ……！

「今は、どうなってる……？」

「あんっ……！　た……泰生のっ……！　出たり、挿入《はい》ったりしてるのがっ……見えるっ……！」

抑えようとしても、無意識に嬌声がこぼれた。水音交じりの破裂音が響く中、切れ切れに答える。

「うん、そうだな。……日和のここが、俺のをおいしそうにしゃぶってるのっ……よく見えるよ」

「～～～っ、そういう、言い方っ……！」

接合部に軽く触れて注視するよう促しながら、泰生がいじわるに囁《ささや》いた。羞恥に耐えかねて私がなじると、くっと喉奥で笑う声がする。

「ごめんごめん。……お詫びに、もっと奥に届くように突いてやるよ――」

語気に力がこもったと思ったら、次の瞬間、彼の律動が速くなる。

「っぁああっ……！」

がくがくと揺らされながら、ナカでより質量と硬さを増した剛直が内壁を刺激し、最奥を突いてくる。

「それ、やぁっ……気持ちいいとこ、擦《こす》れるっ……！」

「いやじゃないだろっ……先っぽでノックされるの、好きなくせに」

——あ、これだめっ……私、このままっ……！

「……だ、めぇ——んんんん……！」

なにがなんだかわからないまま高いところへ追い詰められて、身体が浮き上がるような感覚がした。と同時に、下肢を激しい快感が貫く。

「もしかして軽くイッた？」

再び高みに導かれた私は、呼吸を忘れそうなくらい、しばらくその悦楽に浸っていた。

「鏡の前だと、こんな体勢でも正面からイき顔が見られるんだな……めちゃくちゃかわいい」

泰生に指摘されたことで、姿見に意識を向ける。鏡面には、肌を火照《ほて》らせ、恍惚《こうこつ》の表情を浮かべながら脱力する自身の姿が大きく映し出されていた。

「やぁ……は……恥ずかしいよぉっ……！」

——こんなだらしない顔、泰生に見られたなんてっ……き、消えちゃいたいっ……！

「恥ずかしがってる顔もすごいそそる。もっと見せて」

「待っ——やぁあああ！」

もう十分に満たされているのに、彼はこれからが本番とばかりに抽送を再開した。

身体が敏感になりすぎて、触れられるだけでもぞくぞくして気持ちいい。

「だめぇ、泰生っ——気持ちよすぎるよぉっ……！」

——わずかに残った理性も、そんなに長くは保ちそうにない。

姿見の中で本能のままに睦《むつ》み合う私たちは、ふたりで一緒に、絶頂へと向かって駆け出していく。

「もっともっと気持ちよくなって、俺から離れられなくなればいいっ……」

「泰生、泰生っ——私っ……また、んんんっ……！」

軽く後ろを振り返ると、泰生が唇にむしゃぶりついてきた。

——ナカを突かれながらのキス……すごく気持ちいいっ……！

深く唇を押し付けながら舌先を絡めるごとに、接合部から得られる悦《よろこ》びも深くなっていく。

「日和っ……出すよっ……！」

「ふぁあああああっ……!!」

最奥の窄《すぼ》まりに屹立《きつりつ》の先端がひと際強く押し付けられた直後、私はびくびくと身体を震わせて上り詰めた。ほどなくして、私のナカを埋める熱い塊が脈動し、薄い膜の中に欲望を吐き出したのがわかった。

◆◇◆

——月曜の定休日。

例のごとく、泰生に休みを合わせてもらった私は、久々に遠出をしていた。

梅雨時《つゆどき》にしては珍しく晴れたので、私たっての希望で、某庭園の中にあるバラ園に来ている。ちょうど、園内にあるオープンカフェでひと息ついているところだ。名物のローズ味のマカロンを、同じく名物のローズティーとともにオーダーした。

見ごろのバラを、お茶を楽しみながら特等席で鑑賞できるこのカフェに、ずっと来てみたいと思っていた。

星のつく一流のレストランや、都心のホテルにくっついている高級店も魅力的だけど、私はこういう素朴で飾らない雰囲気のお店のほうが、やっぱり性に合っているみたいだ。堅苦しいスーツやきれいめのワンピースじゃなく、自分好みのシンプルなカットソーやデニムで来られる場所は居心地がいい。

泰生もそんな私の嗜好《しこう》はわかり切っているから、休みの日は私のテイストに合わせてくれることが多い。同じデニムでも、スタイルのいい彼が穿くととても洗練されて見えるのが不思議だ。

「それで、小淵くんの件は大丈夫だった？」

泰生が思い出したように訊《たず》ねたので、バラの麗《うるわ》しい香りのするお茶をひと口飲んで、うなずく。

「うん。……あのあとちゃんと話をして、やっぱり就職活動に本腰入れるから、お店は辞めますって。泰生の言う通りだったみたい」

よくよく彼の話を聞いてみたら、やはり就活が上手くいっていなかったらしい。『フォルトゥーナ』ではお客さんからもほかの従業員からも必要とされるから、ついその気になってしまった、というのだ。

「そうか。彼のためにはそのほうがいいんだと思う」

「……私のことも、頑張って忘れてくれるって」

「それはなによりだな」

泰生が手元のローズティーを啜《すす》って小さく笑った。

私への気持ちにうそはなかった、とのことだけど、泰生が自分の安定した地位を捨ててまで私と一緒にいることを選んだ――と、演技してくれた――ことに、「自分は勝てない」と思ったのだそう。

小淵くんが辞めてしまうのは残念だし、現場としても厳しいものがあるけれど、彼のことを考えればこれがベストな選択なのだろう。

「泰生って就活してなかったのに、よく彼の気持ちがわかったね」

してないというより、する必要がなかったと言うべきか。首を傾げて訊《たず》ねると、彼は「ああ」とうなずく。

「奥薗さんからちょくちょく話は聞いてたから、なんとなく、な」

「前から思ってたけど、仲いいよね、奥薗さんと」

悠生くんとお付き合いをしているころから、泰生と奥薗さんの間には妙に親しい雰囲気が漂っていたような気がする。

すると泰生が、ちょっと困った風に笑った。

「……俺が恋愛相談してたのって、奥薗さんだけだから」

「え、そうだったんだ？」

「相談っていうか……俺の気持ちに勘付かれてからは、日和がいない隙に質問攻めに遭ってただけなんだけどな」

「奥薗さんらしいね」

その場面が手に取るように想像できる。

私は白いレースをそのまま映し出したようなかわいらしいお皿から、ピンク色のマカロンをひとつ取って頬張った。……うん、おいしい。

「——話は戻るけど、小淵くんのことが解決したのは、泰生が機転を利かせてくれたおかげだよ。本当にありがとう」

「機転？」

「ほら、うちの店で働くってお芝居してくれたじゃない。あれがあったのは大きかったと思う」

「芝居じゃないよ」

「えっ？」

……それ、どういう意味？

ぽかんと正面の泰生の顔を見つめていると、真顔になった泰生が、おもむろに切り出す。

「日和さえよければ、『フォルトゥーナ』を一緒に支えていきたいっていう気持ちは、ある」

「っ⁉　だ、だ、だってっ、ゼノアグリはっ？」

「前に話したろ。働きたい場所が見つかればこだわらないって。日和の持ってる信念は俺のと近いし、きっと仕事でもいいパートナーになれると思うんだけど」

――た、確かに今の会社の方針に不安があって、転職してもいい……みたいなことは言ってたけど。

でも、うちみたいな個人店に泰生が来るなんて、もったいなさすぎるっ……！

「わかってる？　ゼノ・ホールディングスとうちじゃ、規模が雲泥《うんでい》の差だしっ……」

「もちろんわかってるよ。さっきも言ったけど、規模で選んでるわけじゃない。俺が働きたいかどうかだよ」

冗談を言っているようには見えなかった。彼は顎に手を当て、考える仕草をする。

「――そうだな。まずはホスピタリティを維持したまま、『フォルトゥーナ』の二号店を作るのを目標にするのはどうだ？　立地とかシェフとか、問題はいろいろあるだろうけど、やりがいはありそうだ」

「泰生……本当に？　本当に、いいの？」

彼ならば、佐木さんも奥薗さんもふたつ返事で受け入れてくれるだろう。私にとっても、これ以上頼りになるビジネスパートナーはいない。

私は夢の中にいる心地で、再度確認する。

「うん。……ただ、そのためには、もうひとつ日和に提案したいことがあって」

彼はそう言うと、自身の背中に預けていたバッグから、なにかを取り出した。

手のひらに乗るくらいの立方体の箱。そこにかかっているリボンを解くと、箱を開いて――私に見えるように差し出す。

「結婚しよう、日和」

箱の中心にある台座には、指輪が填《は》まっている。中央に据えられたオレンジ色の石は、きっとトパーズ。私の誕生石だ。

「公私ともに日和を守るには、それがいちばんベストな形だと思ってる。……どうかな？」

泰生の優しい瞳と、初夏の日差しを浴びて美しく光るトパーズとを見比べながら、目頭が熱くなる。

「――断るわけないよ……」

言葉尻で泣き出してしまいそうになるけれど、私がこれまで経験した中でもっともよろこばしいことだから、笑顔で応えたかった。人差し指の先で、眦《まなじり》に溜まった涙をそっと拭う。

「……こんな私でよかったら、よろしくお願いします！」

人生でプロポーズは二回目。でも、かつてのように迷う気持ちは少しもなかった。

泰生となら、仕事でも、家庭でも、同じ目標に向かって、同じ歩幅で歩いていけるような気がしたから。私の両親がそうだったように。

「ありがとう」

泰生がホッとしたようにつぶやいて、テーブルに置いていた私の左手を取った。そして、薬指に指輪を嵌《は》めてくれる。

――きれい。これは、いわば泰生にとって私が特別な存在であるという証だ。だからこそ、余計に大切なものに感じられる。

「そうと決まれば、今度改めてうちの両親に会ってくれる？」

「も、もちろん――でも、呆れられちゃうかなあ。悠生くんのあと、今度は泰生って……あまりにも節操ないというか」

泰生とお付き合いをしてから、彼のご両親のことはあまり考えないようにしていたけれど、結婚となると避けては通れない。長男がだめなら次男へと移ったように見えて印象が悪いだろうか、と悩ましい。

声を立てて笑いながら、泰生が緩く首を横に振った。

「そんな風には思ってないよ。ふたりとも日和のこと好きだし、よろこんでくれると思う。……きっと兄貴もね」

「だといいな」

私は古橋家の人たちが好きだから、そうならうれしい。今は生まれてくる子どもと、いよいよ結婚となった奥さんのケアで忙しいという悠生くんも、私を歓迎してくれるならなによりだ。

「――日和。幸せになろう」

指輪の光る手をそっと握って、泰生が微笑む。

「うん！」

私は力強くうなずいた。大失恋から一年も経たないうちに、こんなに幸せな展開が待っているなんて、思いもしなかった。

——神さま。今度こそ、よろしくお願いしますね？
私はこれ以上ないよろこびを噛み締めつつ、心の中で密かにそう祈った。

エピローグ

時は流れて、翌年の四月――

「では、ミーティングを始めます。よろしくお願いします」

「よろしくお願いします！」

開店前の『フォルトゥーナ』の店内で、月例ミーティングが始まった。日和の号令に、佐木さんと奥薗さん、そして俺が声を揃えて応える。

年明けから、俺は本当にゼノ・ホールディングスを抜け、日和と一緒に『フォルトゥーナ』の経営を担うことになった。両親、特に父を説得するのはなかなか骨が折れたけれど、俺が一度決めたら曲げないタイプであるのは父も知っているから、最終的には「やるからにはしっかりやりなさい」と認めてくれた。ゼノアグリの後継者には、件《くだん》の従妹《いとこ》がつくことになりそうだ。

意外にも、兄貴は俺の決断を応援して、両親との話し合いの場でも味方になってくれた。少なからず俺のわがままで兄貴には迷惑をかけてしまうというのに、「泰生が決めたことなら尊重する」と言ってくれたのがありがたかった。

そんなこんなで、六月には日和との結婚式を控えているけれど、店で働き始めるタイミングで入籍は済ませており、すでに店の二階で同居している。

今や妻となった日和が、俺たちへ順に視線をくれながら口を開いた。

「今月は歓迎会のシーズンなので、月初めから半ばにかけては少し忙しくなるかと思いますが、休めるときに休んで、体調を整えながらお客さまをお迎えしましょう」

ミーティングは、いつも店の奥の四人掛けのテーブルで行う。

ずっと少数精鋭で店を回していたから、こういう形でのスタッフ間の話し合いの場は設けていなかったらしい。しかし些細なことでも情報の共有は必要だと思った俺の提案で、忙しくとも月に一度は必ず時間を取るようにしている。

「――それと、年末から進めていた『フォルトゥーナ』二号店についてですが、内装工事が終わりましたので備品の搬入をして、いよいよ開店準備となります」

「わぁ、いよいよですね！　おめでとうございます～」

すかさず奥薗さんが拍手をしてよろこんだ。佐木さんも、顔を綻《ほころ》ばせている。

「まさか二号店の構想が現実になるなんて。泰生くんが『フォルトゥーナ』に来てくれたおかげですね」

奥薗さんが俺を見つめてにっこりと微笑むと、日和が大きくうなずく。

「はい。夢のまた夢だと思っていましたけど、彼のおかげで実現できそうです」

『フォルトゥーナ』を支えていくと決めてから、俺はゼノアグリでの仕事の傍ら、この店の経営にもかかわってきた。

最初の目標に掲げたのは二号店を作ることだ。いつか日和に話したことを冗談で終わらせず、実現させようと働きかけたのだ。

「まだ二号店なんて無理じゃないかな」と心細そうにする日和を、俺は様々な理由を挙げて説得した。売り上げが伸びたので運転資金に余裕ができたこと。上り調子を維持するためには次の手を打たなければいけないこと。満席のため、入店そのものをお断りするケースがかなり増えたこと。これらの理由から、むしろそういった計画をするべきなのだ、と。

新店舗の立ち上げに関しては、ゼノフーズでの経験がかなり役立った。専務として実働していた時間は短かったけれど、集客できる飲食店を生み出すためのノウハウは変わらない。ゼノフーズの店と決定的に違うのは、ホスピタリティを最重要視する点だ。

それについては、現場の人間にかかっている。二号店のオープン直後は、奥園さんに張り付いてもらって、『フォルトゥーナ』らしい空気を作る予定だ。同時に、俺たちとともにスタッフの教育も担当してもらう手はずになっている。

開店準備に入ったら、いよいよ忙しくなりそうだ。

「さすがはオーナーの旦那さま、ですね。頼りになります」

「いえ、俺はなにも。……一号店と同じクオリティを保てるように頑張りましょう」

奥薗さんの言葉に、俺は緩く首を振ってから、その場にいるみんなにそう呼びかけた。

「きっと瀬名さんと伽奈子さんもすごくよろこんでるはずだ。『フォルトゥーナ』の二号店なんて本当に感慨深いよ。日和ちゃんは、本当にいい旦那をもらったな」

「ゼノ・ホールディングスを辞めてうちの店に来てもらった以上、絶対に成功させないといけないですね」

佐木さんは感慨深そうに天井を仰ぎ、日和に向かって微笑んだ。日和は自分自身にも言い聞かせるように力強く言ったあと、俺に視線をくれる。俺は応えるようにうなずいた。

日和からは、未だに「本当に辞めてよかったの？」と心配されるけれど、俺は自分の決断についてまったく後悔していないし、やはり正しかったと思っている。

日和の経営者としての奮闘ぶりを見るうちに、どうしてもそばで彼女を支えたくなった。日和にとってもっとも大切な場所である『フォルトゥーナ』を守るためには、これまで以上に店を発展させていく必要がある。浮き沈みの激しい飲食業界において、攻めることは守ることとイコールだからだ。

そのために俺の経験が少しでも活きるのなら貢献したい。経営者として、男として、日和を——幸せにしたいのだ。

「ゆくゆくは三号店、四号店もできたりして、ですねっ」

「さ、さすがにそれは気が早いですよ」

はしゃいだ様子の奥薗さんに、日和が慌てたように返す。と、奥薗さんは「いえっ」と息巻いて続けた。

「目標は絶対に高いほうがいいです。人って、設定した以上の目標は超えられないみたいなので。クオリティを維持しながら、少しでも多くのゲストに『フォルトゥーナ』を知ってもらえたら素敵ですね」

俺も奥薗さんの意見に賛成だ。目標は高ければ高いほど、届いたときに達成感がある。最初から限界値を定めてしまうのはもったいない。

「確かに。そうかもしれませんね」

奥薗さんの言葉に、日和は納得した風に数度うなずいた。

……日和や、俺を快く受け入れてくれた佐木さん、奥薗さんのためにも。もっともっとゲストで賑わった『フォルトゥーナ』を作っていきたい。

「――ではランチに向けて開店しましょう。今日もよろしくお願いします！」

「よろしくお願いします」

開店の挨拶を快活に交わしたあと、それぞれが椅子から立ち上がり、持ち場につく。

「じゃあ日和、俺は新店の備品の打ち合わせがあるから」

最後に俺も立ち上がり、カウンターでグラスを拭き始めた日和に声をかける。

「ありがとう、よろしくね。……あの、泰生」

彼女は手にしたばかりのグラスとクロスを一度置くと、おもむろに俺の名前を呼んだ。

「うん？」

「……泰生が私と結婚してくれて――一緒にこのお店を守ってくれるって決心してくれて、その……本当にうれしかった」

思いがけない謝辞に、左胸がじんわりと温かくなる。

ちょっと俯《うつむ》きがちなのは照れているからだろう。日和は意外とシャイなところがある。改まった話をするときはいつもそうだ。

けれどすぐに、顔を上げてふっと表情を和らげた。

「泰生は私にとって、自慢の旦那さまだよ」

「ありがとう。……日和も、俺にとって自慢の奥さんだよ」

俺は心からの感謝を込めてそう述べた。

結婚して、ひとつ屋根の下に住み始めてからも、俺たちは上手くいっている。というか、ひとりの女性に対してこれほど大きな愛情を抱けるものかと自分でも驚くほど、彼女を想う気持ちは日々増している。日和のほうも、俺と同じ気持ちを抱いてくれていると信じたい。

つくづく運命というのは不思議なものだ。兄貴が俺たちの前から姿を消す直前までは、決して手が届かない存在だと思っていたのに。日和は今、俺の人生の伴侶として、となりにいてくれている。

「――そうだ、気の早いうちの家族が、二号店のお祝いをしたいって言ってるんだけど、少し先の定休日で予定組んでもいいかな？」

昨日、母親からそんな連絡が入っていたことを思い出して、日和に訊《たず》ねる。

「うん、ぜひ」

彼女は快く即答してくれた。

日和と結婚することを告げると、両親は大よろこびだった。

両親としては、日和に申し訳ないことをしたという気持ちがあったのだろうけれど、それ以上に、彼女のような素敵な女性と家族になれることがうれしかったのだと思う。特に母は、『フォルトゥーナ』が忙しいこともあり、頻繁に食事や菓子などの差し入れを持ってきて、世話を焼いてくる。日和をかわいがってくれている証拠だ。

「……悠生くんたちも一緒？」

「だと思うよ。同じ家に住んでるわけだし」

兄貴と幸歩さんは、産前産後を俺の実家で過ごし、そのままそこで暮らすことになったらしい。兄貴はゼノフーズでの仕事が忙しくて、なかなか家庭を顧《かえり》みれないだろうから、母親がフォローをしているみたいだ。俺が答えると、日和が優しく微笑む。

「うれしいな。幸歩さんや悠稀《ゆうき》くんにも最近会ってなかったし」

「伝えておく」

兄貴の一件があったというのに、意外にも日和と幸歩さんの関係は悪くない。日和のほうは幸歩さんと仲良くしたいらしいのだけど、むしろ幸歩さんが恐縮してしまっている状態だ。無理もない。でもそれも、時間が経てば解決してくれることだろう。幸歩さんは控えめだけれど聡明な女性で、俺も好感を持っている。

そんな彼女の子どもは男の子。古橋家の長男の息子ということは、ゼノ・ホールディングスの未来を担う存在になるのだけど——たまに実家を訪ねると、悠稀はそんな重責を負うとは知らない無邪気な笑顔で、いつも迎えてくれる。

甥《おい》っ子はとてもかわいい。兄の子どもでさえもこんなにかわいく感じるのだから、自分の子ならなおさらかわいく感じるのだろう。

……近い将来、俺たちも授かれたら、素晴らしいことだ。

「それじゃ、行ってくる」

俺は腕時計を見て時間を確認してから、ひらりと手を振った。そろそろここを出なければ、打ち合わせの時間に遅れてしまう。

「行ってらっしゃい」

「――日和」

送り出してくれようとする彼女の腕を取って引き寄せる。そして、身を屈めると、唇が軽く触れるだけのキスをした。

「っ……！　ちょっと」

「大丈夫、誰も見てない」

小声で反論しながら胸を押してくる日和に、俺は首を横に振り、耳元で囁《ささや》く。

佐木さんも奥薗さんも、厨房で各々の作業に没頭しているらしい。厨房からこの席は見えない造りになっているので、なにも問題はないはずだ。

「……もうっ」

膨れ顔を作ってみせる日和だけど、そのあとすぐに噴き出すようにして笑った。俺もつられて笑う。

――やっぱり、日和は誰よりもかわいくて、素敵だ。

「じゃ、今度は本当に行ってくる」

「うん。気を付けてね」

俺は、気が遠くなるほど長い間想い続けた愛しい女性が、自分の妻となった幸福を噛み締めながら、店を出たのだった。

エタニティ文庫

エタニティ文庫・赤

敏腕コンサルと甘く淫らな同居生活始めます　小日向江麻

装丁イラスト／すがはらりゅう

実家の洋菓子店で働くみやび。店の借金に困っていたところ、美形な敏腕コンサルタント・朔弥と出会う。みやびの窮地を知った彼は、なりゆきで店の立て直しを手伝ってくれることに。その代わり条件として朔弥が提示したのは、みやびが彼の家で住み込みのハウスキーパーをするというもので——!?

エタニティ文庫・赤

身代わりの恋人

小日向江麻

装丁イラスト／逆月酒乱

菓子メーカーで働く裕梨。部のエース・尚宏のもとで働くことになったのだが、彼は美しくも影のある人物だった。やがて互いに惹かれていき、恋人同士になった二人。愛されて幸せを噛みしめる裕梨だったが、ある日彼女は尚宏の部屋で一枚の写真を見つける。そこに映っていたのは、自分と瓜二つの女性で——

※エタニティブックスは大人の女性のための恋愛小説レーベルです。ロゴマークの色で性描写の有無を判断することができます(赤・一定以上の性描写あり、ロゼ・性描写あり、白・性描写なし)。

詳しくは公式サイトにてご確認ください。
https://eternity.alphapolis.co.jp/

EB エタニティ文庫

エタニティ文庫・赤

恋の代役、おことわり！

小日向江麻

装丁イラスト／ICA

地味でおとなしい性格の那月には、明るく派手な双子の姉がいる。ある日姉から、「自分のフリをして高校時代の同級生とデートしてきて」と無茶なお願いが！　しかもその相手は、かつて那月が憧れていた芳賀。一度だけのつもりがデートは二度、三度と続き、入れ替わりを告げられないまま、彼との距離が縮まって……

エタニティ文庫・赤

ヤンデレ王子の甘い誘惑

小日向江麻

装丁イラスト／アキハル。

25歳の凪には、イケメンモデル兼俳優の男友達がいる。ある日凪は彼に、役作りのために、期間限定で“妻のフリ”をしてほしいと頼まれる。彼の助けになるならと、受け入れたのだけど——“リアリティの追求”を理由に、夜毎淫らに身体を奪われ、両親に挨拶までされて……!?

※エタニティブックスは大人の女性のための恋愛小説レーベルです。ロゴマークの色で性描写の有無を判断することができます（赤・一定以上の性描写あり、ロゼ・性描写あり、白・性描写なし）。

詳しくは公式サイトにてご確認ください。
https://eternity.alphapolis.co.jp/

イケメンモデル兼俳優の男友達、理人《りひと》から「既婚男性役を演じるのにリアリティを出すため、撮影の間だけ妻のフリをしてほしい」と、とんでもないお願いをされたOLの凪《なぎ》。困っている友人の姿に、フリだけなら…と、凪はその提案を受け入れた。だけど── 両親への挨拶に、同棲に、さらには毎晩の濃厚な夫婦生活!? “フリ”の範疇《はんちゅう》を超えた要求の連続で……!?

B6判　定価：704円（10%税込）　ISBN 978-4-434-25638-7

この作品に対する皆様のご意見・ご感想をお待ちしております。

おハガキ・お手紙は以下の宛先にお送りください。

【宛先】

〒150-6019 東京都渋谷区恵比寿 4-20-3 恵比寿ｶﾞｰﾃﾞﾝﾌﾟﾚｲｽﾀﾜｰ 19F
（株）アルファポリス　書籍感想係

メールフォームでのご意見・ご感想は右のＱＲコードから、
あるいは以下のワードで検索をかけてください。

アルファポリス　書籍の感想　検索

ご感想はこちらから

婚約破棄《こんやくはき》されましたが、一途《いちず》な御曹司《おんぞうし》の最愛妻《さいあいづま》になりました

小日向江麻（こひなた えま）

2024年 1月 31日初版発行

編集－堀内杏都
編集長－倉持真理
発行者－梶本雄介
発行所－株式会社アルファポリス
〒150-6019 東京都渋谷区恵比寿4-20-3 恵比寿ｶﾞｰﾃﾞﾝﾌﾟﾚｲｽﾀﾜｰ19F
TEL 03-6277-1601（営業） 03-6277-1602（編集）
URL https://www.alphapolis.co.jp/
発売元－株式会社星雲社（共同出版社・流通責任出版社）
〒112-0005 東京都文京区水道1-3-30
TEL 03-3868-3275
装丁イラスト－秋吉しま
装丁デザイン－AFTERGLOW
（レーベルフォーマットデザイン―ansyyqdesign）
印刷－中央精版印刷株式会社

ISBN978-4-434-33320-0 C0093